Le
cas
Lembour

Du même auteur :
L'amant de Dieu, nouvelles, Éditions La Presse, 139 p.

Typographie & Montage : S.G.M.L. Inc.
Maquette de la couverture : Marc Leclerc
Couverture: « Printemps à Québec », Andreis Leimanis,
          Courtoisie Galerie Bernard Desroches
Révision : Jacques Côté

Maison Des Mots
1153, rue Desmarais
Beloeil, Qc
J3G 5A9 — (514) 464-7957

Dépôt légal :
3e trimestre 1984
Bibliothèque Nationale du Canada
Bibliothèque Nationale du Québec
ISBN : 2-920414-13-5

Claire Daignault

Le
cas
Lembour

(nouvelles)

**MAISON
DES
MOTS**

TABLE DES MATIÈRES

FLORENCE
(ou la tâche originelle)

Un autre que j'enterre. Paix à son âme ! Ce deuxième veuvage, je ne l'ai pas volé. C'est drôle comme on peut se lier avec des gens sans affinité avec soi. Après une première erreur, on croit être dompté, plus circonspect, plus ratoureux. Non, la sagesse ne vient pas nécessairement avec l'âge.

Arthur n'était pas méchant ; juste emporté, têtu et injurieux. J'ai aussi mes défauts, mais ils n'étaient pas compatibles. Du commencement à la fin, nos dix années de mariage relevèrent du marasme : les pleurs de mon côté et les grincements de dents du sien. Pour moi, janséniste, jamais au plus grand jamais, il n'eût été question de séparation. Plutôt mourir. C'est ce que j'étais en train de faire quand Arthur prit les devants.

Il faut bien que j'en rie, j'en ai tellement chialé. Nous étions diamétralement opposés sur tout. Il aimait la viande grasse et moi, la maigre. C'était comme ça de A à Z. Comment avions-nous pu convoler ? Dieu seul le sait. Ma théorie, c'est que lorsqu'il faut passer par le chas d'une aiguille, alea jacta est. J'ai l'impression d'avoir rétréci plus souvent qu'à mon tour !

9

Avec mon premier mari, j'ai eu mes huit enfants. Ils arrivaient comme des minets, mais je n'étais pas une chatte en chaleur. S'il est un reproche que Charles m'a seriné, c'est celui d'être un glaçon. J'aurais aimé le voir, coincé entre la peur d'être engrossé et celle du péché. Il avait été élevé à la campagne, entouré de frères et sœurs, dans un cadre normal. Moi, jusqu'à mon mariage, j'avais vécu au couvent, pour ne pas dire en couveuse. La raison pour laquelle j'y avais été placée, elle, était volcanique. En 1930, c'était de la poudre à canon. Ma mère avait déserté le foyer conjugal, abandonnant mon père et cinq enfants. Il n'y comprit jamais goutte et finit ses jours à Saint-Jean-de-Dieu. Pression sociale, questionnement moral, c'était outre qu'il pût en assumer. À peine si j'ai quelques souvenirs de lui. De ma mère, encore moins, car on ne la revit plus. Tante Doris se chargea de la marmaille et la dissémina dans des communautés charitables. J'avais dix ans.

Commença une éducation ascétique. Motus et bouche cousue sur la disgrâce familiale ! Pour mes compagnes, ma mère était morte. C'était un lourd secret, un poids honteux. Certaines religieuses me prenaient en pitié, d'autres voyaient la mauvaise graine, la tarée qui « a ça dans le sang ». Les attitudes étaient mitigées, mais toutes me faisaient fondre en larmes, d'où le sobriquet de « la braillarde », car un rien me métamorphosait en fontaine. Se basant sur une pédagogie chrétienne (quant à moi, hitlérienne), une sœur lunatique s'était mis dans la tête de m'endurcir et se faisait un devoir de me faire pleurer une fois par jour. Elle y excellait et l'absence de résultat ne la décourageait pas. J'étais muselée comme une cendrillon, maigrichonne, les yeux pochés, le visage plâtreux, terrorisée par cette séquestration chez d'austères lévites. Je vivais dans la frousse des bruissements de

soie noire, des cliquetis de chapelets et des coups de cla-
quoirs de ces épouvantails à cornette qui surgissaient au
détour des corridors, dans le parloir, le réfectoire, le
dortoir, partout pour Sa plus grande gloire versus mon
plus grand désespoir !

Je m'habituai à leur omniprésence : avec le temps,
on s'habitue à tout. Je me fis même des confidentes par-
mi ces appelées à la Terre Promise. Pas assez tôt cependant pour ma traversée de la mer Rouge. Ce n'était pas
l'usage de mettre les filles au courant des forces de la nature et moi, orpheline en plus, je vivais dans les lymbes.

Ça se passa mal. C'était au début d'une journée où
je me sentais particulièrement patraque. J'allai aux
toilettes et fis une découverte qui me laissa syncopée. Du
sang provenait de cette partie innommable de mon
corps, abjecte et prohibée. Ce sang corrompu avait
souillé le fond de ma culotte. Atroce cogitation, mélange de frayeur et d'humiliation. Que faire ? Défense de
flâner. Je ne fis ni un ni deux et ouvris mes écluses. Les
portes étant sans loquet et l'activité fort dense, des compagnes me surprirent hoquetant dans cette pose pante-
lante. Elles avertirent la sœur de faction qui, au pied du
trône, me sacra femme. Quelques extraits de biologie,
ponctués de ses sympathies, conclurent l'avènement.
Dorénavant, j'étais une grande. Élise, une consœur
reçue de l'honneur, me fournit de quoi essuyer le mien.
Je lui en fus éternellement reconnaissante.

Je venais de faire un pas. Cet avancement ne me
conféra toutefois aucun privilège. Le dortoir n'ayant
pas de cloison, tous les matins, nous devions nous laver
à la débarbouillette en dessous de nos chemises de nuit
et nous habiller de la même manière. Cette gymnastique

terminée, nous passions à la chapelle pour y purifier nos âmes. Blêmes comme des draps, sur le bord de l'inanition, nous descendions ensuite à la cafétéria où une platée de soupane devait être déglutie jusqu'au dernier grumeau.

Les conditions s'améliorèrent quelque peu à mon entrée à l'École Ménagère, institution par excellence pour doter la jeune fille de tout ce qui lui est nécessaire dans la vie, c'est-à-dire savoir coudre et cuisiner. Pour sa part, Élise se dirigea vers l'École normale, choix tout à fait singulier selon ma tante.

Je devais donc apprendre l'art culinaire, moi qui n'avais jamais fait que des trous de beigne. L'apprentissage fut laborieux car j'étais déjà d'une lenteur légendaire et le batteur électrique n'avait pas été inventé. Après moult réprimandes, je devins néanmoins une habile cuisinière. Mes tartes aux pommes remportèrent même plus tard des prix du Cercle des Fermières. Parlant de tartes, ça me rappelle celle que trois compagnes et moi (les quatre mousquetaires, coalition farouchement réprimée) avions tenté d'expédier à un admirateur. Rien ne sortait ni n'entrait au couvent sans contrôle. Le courrier était passé au crible, et nous, à tabac en cas d'irrégularité. Notre réseau devait être moins stylé que celui de cette mafia consacrée, car malgré nos précautions, la tarte aux pommes fut réquisitionnée et notre gamic réduite en compote. Ultime opprobre, nous perdîmes nos rubans d'Enfants de Marie.

Les anecdotes fourmillent dans un lieu où le jeu du chat et de la souris se pratique sur une grande échelle. Je n'étais pas récalcitrante. Il m'arrivait de m'épivarder, mais j'accusais plutôt une nature craintive et réservée. Une crise théologique devait d'ailleurs mobiliser mes énergies et condenser mon adrénaline. Ces crises étaient fréquentes, la religion étant une épée de Damoclès prête à pourfendre le crâne à la moindre « mauvaise pensée ». Lors d'une confession pascale, devant l'insistance d'un aumônier qui prétendait que je n'avais pas tout dit et voulait des précisions en genre et en nombre, je quittai mon prie-Dieu, commotionnée, les yeux injectés et les narines frémissantes, devant une rangée de grenouilles de bénitier qui sursautèrent en coassant à l'excommunication.

Il fallait marcher droit. Malgré la vigilance d'un ange gardien, le mal se propageait. Ses antidotes : la pénitence et le sacrifice. C'était un cancer dont nous pouvions être atteintes sans le savoir. Il sapait d'abord la conscience, puis contaminait l'âme. Désobéir, rire et, par-dessus tout, jouir étaient les symptômes du pire. Assujettie à ce masochisme, comment n'y aurais-je pas obtempéré à cent pour cent ? Satan, ses pompes et ses œuvres furent donc le centre d'attraction de ma puberté.

Le sexe opposé constituait la tentation totalitaire. Les bonnes sœurs n'y avaient-elles pas renoncé à coup de vœux et d'onctions ? Nous devions suivre l'exemple. Petite fille en mal d'affection, bien que timorée et profondément inhibée, j'avais un faible pour les garçons. Mes batifolages en restèrent toutefois au balbutiement.

Alors que j'étais dans un établissement accueillant fillettes et garçonnets, je reçus un billet doux au cours d'une récréation. Vivant dans une atmosphère de camp de concentration, je l'avais lestement glissé dans un bas duquel il s'éjecta pour tomber au pied d'une matrone qui, à ma mine de chien battu, flaira immédiatement anguille sous roche. Le billet fut confisqué et confié à ma tante comme pièce à conviction pour le procès mensuel de ma conduite. La chère femme devait renoter l'incident jusqu'à la Trinité.

Une deuxième amourette remonte à des vacances chez mon oncle Elphège, où je me liai avec un cousin. Blottie dans un carrosse au fond de la remise, je me laissais conter fleurette. Me faire prendre par la main ou par le cou suffisait à me transporter au septième ciel. L'ascension s'arrêtait là, mes zones hétérogènes se raccordant directement aux pôles sensibles de ma vertu.

Je fus plus étrennée à dix-huit ans lors d'une visite chez une amie dont le frère me proposa une balade en voiture. Je n'y vis rien de répréhensible. Au bout de quelques milles, il s'engagea dans un cul-de-sac et de but en blanc me sauta dessus, les mains comme des tentacules. Je fus intraitable, vitupérant et gesticulant. Il crut avoir affaire à une sainte nitouche ; en réalité il était en présence d'une seconde Maria Goretti, harnachée de sa ceinture de chasteté.

L'Église avait formé de bons soldats, rien ne refrénait leur croisade. J'étais animée d'une foi inébranlable que j'ai gardée toute ma vie. Elle fut et est ma consolation, bien que j'aie mis des années à l'épurer, la démystifier des supercheries qui l'envoûtaient. Aujourd'hui, après un purgatoire anticipé, elle m'inspire de la paix.

Rompue à ces aventures galantes, j'atteignis ma majorité. J'étais à mon foyer nourricier pour la dernière année. Je devais faire la connaissance de Charles et fonder une famille. Les sœurs se targuaient d'avoir maté mon caractère : je me pliais à toute exigence, travaillant tantôt à la couture et l'entretien, tantôt à la sacristie et l'imprimerie. La diversité de ces tâches ne me déplaisait pas, mais une langueur m'habitait, une sorte de creux dans le ventre que Charles devait combler de la bonne façon !

Il venait du fond d'un rang ; moi, de Montréal. Ses parents l'avaient mis en garde contre les filles de la ville, spécialement une qui avait mes antécédents. Rien à faire, selon Charles notre rencontre était écrite dans le « grand livre ». Lors d'une retraite fermée où il avait exprimé le désir de se marier, un Jésuite lui avait conseillé de faire une neuvaine. S'il restait en état de grâce, il devait rêver à sa dulcinée. Tel un voyant, il m'avait vue attablée dans la cuisine. Il s'était réveillé transi et ému.

De mon côté, je cherchais un endroit où passer l'été. Tante Doris avait assigné mes frères à la cueillette. Elle parvenait toujours à nous caser. Elle me suggéra de les accompagner pour profiter du grand air, joignant ainsi l'utile à l'agréable. À court d'idées, j'acceptai. Nous étions hébergés par un monsieur Dansereau, pomiculteur de l'Est. Un soir, Charles rentra et m'aperçut derrière la table. Il vira en statue de sel : la prophétie s'était réalisée.

Il ne tarda pas à se déclarer et à me chanter la pomme. À la mi-août, je retournai au couvent où il me visita, pour le bon motif, les jours de marché. Ce furent des fréquentations postales, les plus belles, imprégnées de sentimentalisme. Charles était doux, avec une voix à la Tino. Il faisait partie de sa chorale paroissiale ; c'était un garçon honnête et respectueux. Je croyais avoir perçu son essence à travers un an de fidèle correspondance et dix chaleureuses accolades. Ce n'est pas au parloir ou au salon chez ma tante que nous aurions osé davantage. De toute manière, c'était la règle. J'oubliais qu'il n'y en a pas d'absolue ! « *L'excès de conscience*

15

dégénère en infirmité. Méfiez-vous des scrupules. Ils mènent loin. » Victor Hugo avait raison.

Un mariage fut fixé à l'Assomption. En ce qui me concerne, c'était un plongeon, et je me rendis chez mon directeur spirituel afin de recueillir ses recommandations. Ai-je mal interprété ses paroles sibyllines ou est-ce que le vieil homme était féru d'une morale excessive, toujours est-il que je ressortis convaincue que le voyage de noces devait s'effectuer sous le signe de la tempérance, sans précipitation, sans emportement, sans extravagance, sans rien, quoi ! À l'instigation de ce puritanisme, j'envisageai ma sortie du couvent à la façon d'une libération conditionnelle au cours de laquelle ma conduite devait rester irréprochable.

Le 15 août, à la barre du jour, une cérémonie sans fla-fla se déroula dans la petite église de mon futur et nous prîmes les gros chars pour Québec. Charles pavoisait, marivaudait. Il entrevoyait une nuit de tantale ; ce fut la nuit totale. Sainte-Anne de Beaupré, les plaines d'Abraham, les monuments, le Parlement et tout ce qui porte clocher fut au menu. Les haltes n'offraient rien de plus consistant car je tournais en soupe au lait, prête à déborder du lit à la moindre fusion. Charles arborait une face de carême que je croyais (à combien juste titre !) être un air de circonstance. Nous étions des étrangers, nous tutoyant seulement depuis deux mois. À notre retour, la nature retarda le banquet nuptial : je fus menstruée. Le caquet bas, Charles retourna à son verger, un pépin au travers du gosier.

L'acte de procréation, puisque c'est bien ce dont il s'agit, s'accomplit. Je l'attendais comme une chose inévitable, avec la résignation de quelqu'un qui doit subir une opération chirurgicale autre que celle du Saint-Esprit ! Je ne m'étais pas fait d'illusions sur l'œuvre de chair ; heureusement, car je les aurais perdues net. Je devais tomber des nues pour bien d'autres choses. Adieu parquets cirés, odeur de livres et d'encens, silence mystique et recueillement ; malgré une vie de spartiate, je venais de manger mon pain blanc.

J'habitais désormais une maison rurale sans électricité, avec des planchers rugueux et froids, des bécosses comme cabinets de toilette et des chaperons patibulaires en la personne des beaux-parents : pépère et mémère. On s'étonnait que j'aie des moments de cafard. Je ne pouvais pas mettre le nez dans les chaudrons ; je n'étais là, semblait-il, que pour assurer la reproduction de la race. Ce qui ne devait pas tarder et prendre l'aspect d'une production de masse !

Les premiers enfants furent baptisés de noms de saints. À cause de la conscription, je souhaitai plus de filles que de garçons. La vie de famille, celle qui m'avait manqué, fleurissait. Ponctuée de rougeoles, d'orgelets et d'invasions de poux, elle était moins poétique que je l'avais imaginée. Nous avions peine à joindre les deux bouts. Charles n'était pas un mauvais bougre mais cette situation le rendait impatient, fouettait son orgueil. Il travaillait fort, fauchant, irriguant, émondant, transformant la cuisine en abattis pour tresser des paniers. Hélas, les cerisiers roses et pommiers blancs, c'est charmant, pas payant. Ses parents, désormais installés au village, lui avaient vendu la propriété trop cher. Il se refusait à fabriquer du cidre. Après cinq ans, ce fut la faillite.

Une série de déménagements et de métiers itinérants s'ensuivirent. Les enfants continuaient de surgir comme des lapins. Ça n'avait rien de sorcier, la contra-

17

ception étant embryonnaire et les curés veillant sur la tribu d'Israël avec des ruses de Sioux par la revanche des berceaux. Au dire de Charles, je tombais enceinte à voir son pantalon sur une chaise. J'aurais voulu que ce fût aussi simple. Je n'avais guère le goût à la bagatelle, ça rimait trop avec ribambelle !

Quand elle faisait son ménage, Aline, ma sœur, m'apportait des vêtements pour les petits. Elle a toujours eu une existence de nantie. Dès l'enfance, elle avait été placée dans une congrégation de dames panachées, alors que j'avais abouti chez de modestes nonnes. Je dis ça sans amertume. À chacun son destin. On pouvait lire dans ses yeux : « Pauvre Florence, comment a-t-elle fait pour se mettre les pieds dans un tel bourbier ? » Je n'aurais su lui répondre. J'étais emportée, drainée par les semaines, les mois, les années, avançant avec le tic-tac et l'air d'aller. Mes enfants, j'avais le temps de les laver, les habiller, les nourrir, les gronder, mais pas de les chérir à satiété. J'étais trop fatiguée.

Charles se trouva un emploi de cuisinier dans un collège privé. Ce fut une révélation : il aimait faire à manger. Tellement qu'il entreprit des cours de pâtisserie. Son enthousiasme fut remarqué et il décrocha vite le poste de chef. Dorénavant, ma cuisine c'était de la gibelotte, de la poutine à côté de la sienne. À l'institut, on n'y allait pas avec le dos de la cuillère pour les compliments. Il revenait gonflé comme un soufflé. Ça le rendait heureux et me déchargeait des repas qu'il apprêtait pompeusement à la manière des maîtres queux.

Nos années de vaches maigres semblaient achever. Le salaire de Charles était acceptable et nos deux aînées apportaient déjà de l'eau au moulin. Elles avaient grandi sans que je m'en aperçoive, devenant des jeunes filles dont les escapades et les toquades m'inquiétaient. Elles se marièrent jeunes. On avait peu pour les retenir. Pourtant, c'est à ce moment-là qu'on fit bâtir maison. Enfin j'aurais des thermostats dans chaque pièce, moi qui avais tellement souffert des bicoques. Mais il n'y a pas de rose sans épines et il ne fut possible de construire qu'à la condition de prendre mémère avec nous. Devenue veuve, elle s'engageait à défrayer une part de l'hypothèque pour demeurer chez son fils.

Je ne m'étais jamais entendue avec ma belle-mère ; ça ne devait pas changer. Elle eut ses quartiers avec verrou et salle de bain particulière. Au début, ça allait. Elle faisait sa besogne et moi, la mienne. Puis elle devint envahissante, accaparant Charles pour faire cuire sa boulette de viande et moi, ses carottes. C'était la racine d'une dépendance qui allait croître comme un champignon vénéneux. En un rien de temps, son état végétatif entraîna la moisissure. Portée sur la pharmacie, elle tenta de se retaper, mais s'intoxiqua, devint gâteuse et, finalement, plus légume que ses carottes. On dut la placer dans un foyer, mais non sans passer par des hauts et des bas retentissants : remords de Charles, altercations familiales, divagations de sa mère, indécisions des médecins, contingentement des centres d'accueil. Ce fut un chemin de croix.

Elle partit et les frontières furent levées. Je jouissais à nouveau d'une maison dans sa totalité. Les petits pouvaient s'ébattre à leur gré. J'étais comme une queue de veau, mais ça relevait de mes fonctions. Charles n'était pas un père présent. Le soir, il arrivait les poches bourrées de bonbons qu'il distribuait, malgré mes protestations, avant le souper. Puis il mangeait, mettait sa casquette et s'éclipsait toute la soirée pour conter des histoires ou parler syndicat au garage municipal. Je restais seule, rabrouant et morigénant à l'heure des pyjamas. Charles gourmandait rarement les enfants : il avait peur de se faire haïr. Le rôle de punisseuse me revenait. Ils étaient comme des chiots toujours à se colleter. Je ne mettais jamais trop d'ardeur dans mes fessées, juste assez pour les calmer. Charles craignait sans doute de ne pas administrer la bonne dose. Il voulait laisser un bon souvenir. Sentait-il que sa fin serait prématurée ? Comme dans un drame de Marcel Dubé, il tomba malade.

Après Noël, on l'hospitalisa pour un examen général. On cherchait et, pendant ce temps, il dépérissait. Cette année-là, le jour de l'an ressembla au vendredi saint. Un soir que j'étais à son chevet, il me dit : « Tu vas avoir de la misère... » Je ne voulais pas comprendre. Le lendemain, un médecin m'intercepta pour me présenter ses condoléances. « Il est parti en faiblesse, sans souffrir. »

Un mois d'agonie à se faire presser comme un citron, saigner comme un cochon, farfouiller, disséquer. Un mois sans revoir les enfants, à sentir la mort rôder dans une chambre dénudée, aseptisée. Sans souffrir : c'était une façon de parler. Il était encore chaud quand je lui enlevai sa bague et son scapulaire. N'eût été d'un embouteillage sur le pont Jacques-Cartier, je l'aurais revu vivant.

Diagnostic : néphrosclérose ou sécheresse des reins. Malheureusement les greffes étaient alors expérimentales. Charles, mon mari, était mort. Ça n'avait pas été le Pérou, mais nous avions tout partagé. On m'arrachait un lambeau de vie. Je mis des mois à cicatriser. Lorsqu'une commodité brisait, je pensais : « Il faut que j'en parle à Charles. » Comme une mornifle, la réalité me frappait. Au coucher, je retrouvais son creux dans le lit, son odeur sur les draps : curieux mélange d'Old Spice, de havane et de camphre (pour moi le plus doux des parfums). Longtemps je gardai la benjamine à mes côtés pour entretenir la chaleur.

Combien souvent ai-je pleuré comme une Madeleine ? Qu'allais-je devenir ? « Dieu donne, Dieu reprend. Le Seigneur éprouve ceux qu'il aime. Il faut se soumettre à sa divine volonté. Il sait mieux ce qui est bon pour nous. Ses voies sont impénétrables. Mon Dieu, donnez-moi la sagesse d'accepter les choses que je ne puis changer. » Ces idiomes religieux, je les récitais comme des litanies. Ils étaient les incantations pour conjurer ma peur, ma peine.

Quarante-sept ans. Pas d'économies. Cinq enfants à mes basques. L'assurance avait payé les frais médicaux et funéraires. Heureusement la maison était dégrevée à la suite de l'emprunt garanti par la caisse populaire. Quant au reste, la pension des veuves. Tant bien que mal, je me dressai un budget : une enveloppe pour les taxes, une autre pour le chauffage, une autre pour le téléphone, etc. Je menais ma barque avec les faibles moyens du bord. Aline continuait de me considérer en future canonisée, moi qui me débattais comme un diable dans l'eau bénite ! Et le carrousel tournicotait. J'avais vendu la voiture de Charles. J'étais à la merci de la parenté pour mes déplacements. Et puis, seule, où aller, sauf au chœur de chant, mon unique distraction. Autrement, les quatre murs à temps plein.

La solitude me pesait et ma famille était encore jeune, composée surtout de filles. Je vivais dans la crainte d'en voir une mal finir et tomber enceinte. Elles étaient à l'âge ingrat, frondeur. L'aîné des garçons était entré dans l'armée. Restait Maurice, souffre-douleur de ses sœurs. La carence paternelle le portait à s'empiffrer. C'était une boule de suif. Pourtant ses sœurs n'y allaient pas de main morte pour l'aplatir. Elles picotaient son dos comme des oiseaux sur un éléphant. Au lieu de le soulager de ses « bébites », elles lui en donnaient. Le pauvre en est encore mal dans sa peau. Elles me blâmaient de venir à la rescousse. Elles m'ont toujours reproché d'accorder un traitement de faveur à leurs frères. Peut-être parce qu'ils étaient minoritaires, peut-être aussi parce qu'ils me rappelaient mon père, c'est possible que je les aie privilégiés. Ils m'apparaissaient anémiques. Mes filles étaient à pic, rebelles et combatives, constamment prêtes à se dresser sur leurs ergots.

Exactement le contraire de ce qu'on m'avait appris : la crête basse, les oreilles dans le crin, les yeux au sol et l'expression monosyllabique. Je ne fus certes pas ménagée. Je voulais une famille et j'en avais une à moi toute seule. Néanmoins ce piédestal était boiteux. J'eus l'idée d'un remariage. Mais qui voudrait d'une femme sans le sou avec une trâlée ? C'est alors qu'Élisabeth, ma plus vieille, joua à l'entremetteuse. Elle travaillait dans une épicerie où s'approvisionnait un veuf apparemment peu compliqué, peu exigeant, et qui s'ennuyait. En plus de la manufacture, il veillait au nettoyage de sa maison, aux repas, à tout. Un vibrant appel à la solidarité. À soixante ans, côté sexe, je me disais qu'il serait sevré. Tout augurait pour le mieux. Ses garçons étaient turbulents, mais comme il n'en gardait que deux, ça irait.

Je me trompais. Jamais je ne m'étais rendu compte que ma demeure était un oasis avant cette incursion. Ils débarquèrent en conquérants, ne laissant pas un centimètre inoccupé. Un ménage en double, une famille en double et surtout une mentalité en double ! Que n'avais-je pratiqué le concubinage comme bien d'autres ! Mea culpa, mea culpa, j'étais à nouveau mariée devant Dieu et les hommes. J'avais réalisé ma bévue dès le voyage de noces (ces derniers ne me réussissaient pas).

Arthur était un bon homme, mais nos atomes crochus décrochaient. Il m'avait épousée dans l'espoir d'obtenir un croisement de sa première femme avec une infirmière pour en prendre soin à sa retraite, soit dans la perspective de veillées tranquilles, les pieds sur la bavette du poêle, à jaser de l'ancien temps. De mon côté, je voulais échanger, faire des choses, sortir de ma ouache.

Un consensus ne fut pas possible. Tous les deux déçus dans nos attentes, notre différend s'amplifia. Plus Arthur vieillissait, plus il devenait casanier, aigri, avec un sens de l'obstination peu commun. Il ne me reconnaissait aucun droit. Nos désaccords survenaient pour des vétilles : le choix d'un jupon, d'un condiment ou d'un programme. Je n'avais jamais vécu dans le coton, mais même cuirassée contre les sermons des sœurs, la hargne de Charles et les dénigrements des enfants, je ne m'accoutumai pas aux grossièretés qu'il me lançait devant n'importe qui, n'importe quand.

Nos enfants non plus ne fraternisaient pas et décampèrent. La situation devait se corser lorsque, en proie à des troubles cardiaques, Arthur abandonna l'usine. Comme bien des hommes mal préparés à cette transition, il ne s'adaptait pas, n'avait aucun intérêt. Quand il avait lu son journal, tout était dit. Il voulut endosser la direction de la maison, bardassant, bougonnant, sans rien trouver pour se satisfaire. Il se morfondait, mais refusait de s'évader, de se divertir.

Malgré ma passivité, ce fut une guerre de dix ans, au cours de laquelle ma ménopause vint jeter de l'huile sur le feu. Mes nerfs furent ébranlés. Je capitulai, me stigmatisant de ne pas être la femme idéale pour Arthur. Je ne le rendais pas heureux, pire j'étais une mauvaise mère, égoïste, bonne à rien, capricieuse. La culpabilité, ça me connaissait. Je me sentais même coupable de souffrir. Enfant, mon chagrin n'était-il pas condamnable, injustifié, puisque ma mère n'en était pas digne ? J'ai tellement pleuré que mes yeux, autrefois noisette, sont troubles et délavés.

Je m'abîmai dans une crise d'anxiété. Les médecins intervinrent et me suggérèrent la séparation. Mes filles appuyèrent à tour de bras. Pendant une semaine, elles me tinrent éloignée et je revécus l'enfer. Toute ma vie, j'avais souffert de l'éclatement d'une famille ; l'œil de Caïn était sur moi. Allais-je déroger à mes obligations et décupler la faute de ma mère ?

Ce que Dieu a uni, l'homme ne le sépare pas. Mon sens du devoir prit le dessus et je remis mon sort entre les mains de la Providence. Il ne fallait plus affronter ni effrayer Arthur avec mes élucubrations. Son angine pouvait lui être fatale. Je devais être assez forte pour en prendre soin, sans lui opposer de résistance. Il en profita, recourant au chantage, se glissant une nitro sous la langue à la moindre bisbille. Il ne voulait plus que je le quitte d'une semelle. J'avais repris le collier et la laisse qu'il tenait attachée au barreau de sa chaise. Je restais prostrée à écouter son autobiographie. J'étais plus captive que le canari.

Mais la maladie fit son chemin. En dernier, je passais mon temps à rapetisser ses pantalons. Il devait suivre un régime sans sel et ne pas fumer ; ces interdictions le faisaient rager et il y dérogeait souvent. Une quinte de toux carabinée en résultait, puis un engourdissement dans le bras gauche le faisait grimacer. Une nuit, son asthme s'envenima. J'appelai une ambulance ; on lui donna de l'oxygène et le conduisit à l'hôpital, mais Arthur était déjà passé.

J'en éprouvai un soulagement pour lui et pour moi. Notre calvaire était terminé. Bras dessus, bras dessous, nous n'étions pas parvenus à garder le pas sur notre route tortueuse. Quelques-uns de ses enfants me battèrent froid. Leur morgue grossissait mon bagage de culpabilité. Je ne me sortirais jamais du syndrome de la félonne ?

Les jours passèrent. C'était l'été. J'avais mes géraniums et mes tomates à cultiver. Tour à tour mes époux avaient boycotté ma cuisine, mais je repris goût à faire la popote. Je retombais sur mes pattes. Arthur était enterré à côté de sa femme, près du saule dans le cimetière. Il devait être aux anges. Je me réconciliai avec lui.

Un projet de vieille date prit toute la place : une visite en Californie où Albert, le plus jeune de mes frères, avait émigré quinze ans plus tôt. Je m'y rendis avec ma fille, Odile, et son mari. Albert étant le parrain de celle-là, ils n'en étaient pas à leur première visite aux États. Ils refirent le voyage pour moi, sachant que seule, j'y aurais renoncé.

Les billets réservés, je vivotai dans la crainte d'un empêchement, redoutant insomnie, perte d'appétit et coliques. Livrée à ces malaises physiques, le psychisme ne tardait pas à être atteint et je devenais une schizophrène pure laine. Même consciente, lorsque j'entrais dans une série noire, je ne pouvais rien faire sinon attendre la fin du tunnel.

Heureusement la voie demeura libre et je pus m'envoler. J'avais apporté des mots croisés pour tuer le temps dans l'avion et surtout pour ne pas penser que je me trouverais à des milliers de pieds dans les airs. Ces volatiles sont confortables et blindés. L'atterrissage se fit sur des œufs. Une ville de gratte-ciel s'offrit, panorama futuriste. Après une séance de becquetage, Albert et sa femme nous entraînèrent au restaurant. On dit que les Américains ne sont pas des as en coquerie. C'est vrai, mais ils sont sans contredit les rois de la bouffe indigeste ! De la friture, rien que de la friture !

Le lendemain, le ciel azuré, les palmiers et la végétation luxuriante me donnèrent l'impression de faire partie d'une carte postale. Je découvrais cet enchantement qui avait chamboulé Albert. Ce fut la visite organisée, genre tournée des grands-ducs : Disneyland, monde de splendeurs, le zoo de San Diego (qui à mon avis ne surpasse pas celui de Granby) avec le spectacle des dauphins et des morses ; Las Vegas, la métropole du jeu, était de l'itinéraire, mais comme je trouvais ce lieu de perdition reculé, mon frère se contenta de nous emmener à Laughlin, une succursale. En baragouinant l'anglais, je flambai quelques dollars à la roulette.

Le désert du Nevada avec ses cactus à fioritures me plut davantage, de même que la ville d'Indio avec ses vergers d'orangers, de pamplemoussiers et de dattiers qui m'en mirent plein la vue. Pour finir, Alice au pays des merveilles fut enlevée au Mexique, à Tijuana, ville capharnaüm, débordante de camelote et de clinquants. J'y achetai une relique pour chacun de mes enfants.

Les quinze jours filèrent, je revins brunie par l'air du Pacifique, le foie à l'envers et les nerfs élastiques. Une semaine après, crac, ils pétaient. La décompression se transforma en dépression. L'animation du voyage passée et le rapport des pérégrinations produit, je me retrouvai encabanée, blasée, démoralisée, plus dépaysée qu'aux antipodes et me reprochant tous les péchés de l'humanité.

Je retournais dans la peau de ce chien depuis trop longtemps à sa niche et qui est tout désaxé. Les enfants me firent la leçon, m'enjoignirent de m'occuper, de vivre pour moi. Ils sont drôles. Après nous avoir sucés jusqu'à la moelle et avoir monopolisé chaque parcelle de notre être, ils disent : « Amusez-vous, pensez à vous maintenant. » Quelle parodie ! Vivre soudainement pour soi, c'est difficile, et puis, en vieillissant, on veut servir plus que jamais.

Le temps guérit bien des maux, même si c'est sous forme de cataplasme. Au bout d'un mois de rase-mottes, je me remplumai. Depuis je bats de l'aile. Je dévore les chroniques naturistes du docteur Brunet. J'aide au bénévolat. Je suis inscrite à des cours de tissage. Je chante aux mariages et aux enterrements. J'ai un abonnement au théâtre. Bref, je conserve de l'altitude. Je ne parviens plus à suivre mes téléromans. C'est moi qui vis.

J'ai demandé ma place dans une résidence pour retraités. Les enfants partis, la maison est grande et le ménage me pue au nez. J'ai la bougeotte et je galope plutôt que de ruminer mes problèmes avec des ballonnements d'intestins. Dernièrement, je suis allée à une amicale. J'y ai revu des compagnes moyenâgeuses. Les souvenirs foisonnent. Chacune mire les siens. Une nostalgie nous étreint dans ce pensionnat immuable. Les escaliers massifs aux rampes luisantes et torsadées, les planchers de bois franc et de mosaïque, les portes givrées aux poignées de bronze, les fenêtres hautes et lambrissées, les murs blanchis à la chaux, les couloirs mystérieux, le cierge brûlé embaumant la chapelle, les allées d'acacias et, au fond de la cour, la grotte de la Vierge Marie. Un pèlerinage dans le temps.

À cet instant, je suis redevenue la petite Florence devant mes maîtresses de chant et de dessin, lesquelles m'accueillirent avec des embrassades et des « comment vas-tu » murmurés dans l'oreille. Elles ont eu une existence si paisible, à l'abri du monde, qu'elles sont sans âge. Je les vouvoie comme autrefois ; je les écoute et voudrais qu'elles me prennent dans leurs bras, ces révérentes mères qui remplacèrent la mienne, mais sans vraiment m'en consoler. Étrange affectivité qui me commande à la fois le regret et le rejet de celle que j'ai portée dans mon ventre plus longuement que ma propre gestation et dont j'ai tout fait pour réfuter l'atavisme. C'était ma mission à moi, la plus raisonnable : laver l'honneur.

J'ai été un arrosoir au-dessus des fleurs du mal. Elles germèrent d'autant, me tenant dans l'ombre. Ça me rappelle une histoire que je raconte à mon petit-fils pour l'endormir : JACQUES ET LE HARICOT MAGIQUE. Dès que le haricot fut planté, il poussa une plante gigantesque que le gamin escalada jusqu'aux nuages. Si je pouvais grimper dans cette plante vertigineuse, je pourrais cerner la détresse de cette fillette prisonnière dans un château enserré de lierres et ceinturé d'une grille noire et barbelée comme celle d'une institution pénitencière. Je pourrais me précipiter du haut de ma tour, retomber en enfance et rebâtir ma vie sans échafaud.

Pour endormir mon petit-fils, je chante aussi ce refrain :

« *Ferme tes jolis yeux, car les heures sont brèves*
Au pays merveilleux, au beau pays du rêve.
Ferme tes jolis yeux, car tout n'est que mensonge
Le bonheur est un songe, ferme tes jolis yeux... »

J'entends ma mère et ma gorge se serre.

THÉRÈSE
(ou la vierge enragée)

Thérèse Laporte vient d'avoir trente-huit ans. Au bureau où elle est surveillante d'un groupe de dactylos, on l'a fêtée la veille. Sept jouvencelles lui ont apporté un énorme gâteau discrètement surmonté d'une petite chandelle. Sept boutons de rose devant lesquels elle s'est sentie plus fanée, même si elle est en définitive à la fleur de l'âge, en plein épanouissement féminin.

Elle les aime bien ces filles. Ce sont des subordonnées diligentes et consciencieuses, ne lui causant pas d'avaro en ce qui concerne le boulot. Il y a à l'occasion des escarmouches, mais rien de sérieux. Elles sont chouettes d'avoir songé à son anniversaire.

Alors, comment expliquer qu'elle soit parfois prise d'une haine insurmontable à leur endroit ? En effet, elle est envahie d'un sentiment intense de persécution et même à l'aide d'autosuggestion, en se rabâchant que « tout ça ce sont des idées », elle parvient difficilement à maîtriser le flot de ses pensées acerbes et vindicatives.

Ne se sentent-elles pas supérieures dans leur prime jeunesse, ces petites oies ? Leurs seins libres sous leur chandail et leur jean moulant leurs cuisses, n'est-ce pas

31

une provocation, une raillerie envers elle qui doit se corseter ? De toute manière, elle n'oserait jamais les imiter étant d'une autre génération. N'est-on pas à se moquer lorsqu'elle en surprend à caqueter et glousser dans les lavabos ? N'est-elle pas la risée du bureau ? Aucune ne se confie, on ne va pas conter quoi que ce soit à la vieille fille, ça pourrait la scandaliser !

Pourtant Thérèse a souvent capté des bribes de leurs conversations égrillardes. C'est grotesque et intéressant. Certaines passent des nuits à forniquer et relatent leurs équipées dans les moindres détails. Il est facile d'imaginer les scènes les plus pimentées. Les expressions sont truculentes. Ça semble douloureux et bon, capiteux et électrisant. Thérèse en a le cœur et le corps défaillants. De son temps, ces choses étaient taboues, on n'en aurait pas parlé avec frivolité.

Cependant, si de tels récits ont le don de la chavirer, ils n'ont nullement celui de l'amuser. À la fin, cela l'attriste même. Que n'a-t-elle connu, elle aussi, les joies ou du moins les plaisirs de l'amour ? À trente-huit ans, elle est mûre, juste à point, ses formes sont pleines, sa peau soyeuse, ses rides délicates et attendrissantes. Elle aurait voulu exulter ne serait-ce qu'une fois, que ses attraits bien conservés servent ne serait-ce qu'une fois.

Si seulement Jean-Paul, son fiancé, eut été chaud lapin, s'eut révélé un amant. Mais il en était encore aux sérénades, aux petits becs et aux massages phalangiens. Thérèse n'a rien contre ces préliminaires, mais depuis qu'il la courtise, elle croit être en droit d'espérer mieux. Or, pas un geste déplacé ni une parole hasardeuse ; d'un bout à l'autre, sa conduite est irréprochable et le hic, c'est que cela lui est devenu insupportable !

Elle est exaspérée de cet amour platonique et de ces promesses en vue d'un mariage pour la semaine des quatre jeudis. Elle en a ras le bol de ce prétendu prétendant qui ne lui a jamais pris que la main ou tâté le pouls, et elle se prend tout à coup à rêver d'une partie de jambes en l'air en bonne et due forme. Elle a trop attendu qu'il s'enflamme, il est temps de chercher du bois moins mou. Peut-être n'est-elle pas une bonne allumeuse ? Raison de plus, il faut apprendre à attiser. Au bûcher les complexes et la continence !

Combien de fois s'est-elle servi ce raisonnement ? À vrai dire, depuis combien de mois use-t-elle de contraceptifs ? Et puis, une chose la chicote. Évidemment elle est encore vierge, et de par les mœurs en vigueur, n'est-ce pas un handicap, un objet de dérision ? Plus elle vieillera, plus cela ne deviendra-t-il pas saugrenu et hilarant ?

Il faut pourtant qu'elle brise ce cercle vicieux et fasse le grand écart. Il suffit d'une fois, ensuite personne ne saura qu'elle est restée pucelle si longtemps. Elle vient de se taper trente-huit ans, il ne faut plus atermoyer et se laisser flétrir. L'heure est à l'action. Bientôt elle sombrera dans une autre catégorie : celle des femmes de quarante ans. Ce ne sera pas la mer à boire à condition d'avoir passé le cap de l'initiation. Il faut sauver la face maintenant !

C'est devenu une idée fixe, une démangeaison morale, une étape fondamentale qu'elle doit absolument franchir. Question de principe, elle ne veut pas avoir été sur terre sans essayer son corps. Ce baptême charnel est indispensable à sa plénitude. Elle se sent obligée d'y passer. Par ailleurs, sa curiosité est devenue obsessionnelle et ses contacts quotidiens avec les filles délurées l'avivent, lui faisant de plus en plus prendre conscience de son tragique retard à monter sur le tremplin de la vie. C'est donc impératif ! par n'importe quel moyen, mais de façon tout à fait conventionnelle, elle doit se faire sauter.

Comme cette expérience doit sans doute s'avérer souffrante et qu'elle n'en tirera, jusqu'à un certain point, que la satisfaction du devoir accompli et comme il est préférable que sa virginité passe inaperçue pour éviter tout commentaire d'un goût équivoque, elle en conclut que la rencontre d'un gars éméché dans un bar fera l'affaire. Il ne remarquera rien de son état et ne se souviendra peut-être même ni de son visage ni de leur bringue.

Décidée à changer de peau, elle fait de son mieux pour se convertir en femme fatale. Le fard et le faux cil à la Garbo, la robe un tantinet décolletée, le bas de cachemire profilé, elle entre incognito dans un club. Poussant la porte en dessous de l'enseigne lumineuse LE CACHOT, elle ne voit d'abord qu'un escalier plongeant dans lequel elle vacille, perchée sur ses talons aiguilles. L'intérieur est typique : une musique langoureuse, un plafond caverneux. Pour toute lumière : des bougies enfoncées dans le goulot de bouteilles striées de cire. Accotés au zinc, deux hommes sirotent quelque chose, un couple est occupé à se peloter dans un coin plus noir et, seul à une table, un type fixe son bock de bière. Il n'y a pas foule, mais qu'importe. Elle s'installe en face du garçon solitaire et, du bout de ses ongles factices, dépose son réticule de satin lamé. Le serveur s'avance et s'enquiert nonchalamment :

— Qu'est-ce que ce sera ?

— Un martini, dit-elle feignant un air d'amateur. Elle a déjà ouï dire que c'est un choix avisé.

Il tourne les talons, sa serviette sur l'épaule, et revient avec une coupe dans laquelle baigne une olive traversée d'une fléchette. Elle doit régler sur-le-champ.

Tout est en place, il n'y a qu'à attendre. D'ailleurs elle a remarqué que le garçon l'a guignée d'un œil. Il est un peu jeune, mais du moment qu'il serait un peu ivre. Toutefois, il ne semble pas enclin à boire. Il paraît préoccupé, taciturne. Imprévisible, il se lève pourtant et se présente à sa table. Vraiment les choses se bousculent plus qu'elle ne l'aurait imaginé. Sans le savoir, peut-être a-t-elle un port de Vénus, il a suffi qu'elle mette ses charmes en valeur et badaboum ! Jean-Paul est un aveugle.

— Je peux m'asseoir ? entame-t-il d'un ton faussement gaillard.

— Pourquoi pas ? acquiesce-t-elle avec un sourire faussement prometteur.

— Je m'appelle Antoine, et vous ?

Bien que sa voix soit teintée d'un malaise, il est direct. Vas-y mon kiki !

— Thérèse, répond-elle simplement.

— Vous venez souvent ici, Thérèse ?

— C'est la première fois.

— Je me disais bien, je ne vous y avais jamais vue. Moi, je suis ce qu'il est permis d'appeler un vétéran. Je

35

viens ici ressasser mes problèmes. La vie n'est pas toujours un cadeau, pas vrai ? Chose étrange, quand je vous ai vue, je me suis dit que vous pourriez m'aider.

Là, ça vient. Il va lui faire la passe du gosse incompris. Elle en a entendu parler. Si seulement elle parvient à le faire biberonner, ce sera parfait.

— Je suis sûr que vous pourriez m'aider, renchérit-il lui décochant un regard mi-fuyant, mi-pénétrant.

C'est un jeune homme grêle, aux traits fins, aux mains nerveuses.

— Si nous allions prendre un verre chez moi en tranquillité...

Sapristi, il y va ! Comme séducteur, il n'est pas manchot ! Que faire ? Il est encore ce qu'il y a de plus sobre. D'un autre côté, voilà une première chance. Bien qu'entreprenant, il ne paraît pas rustre, ses yeux sont pâles et doux. Il ne s'agit tout de même pas d'un étrangleur ! Peut-être sera-t-il attentif à sa condition. Trêve de pataugeage, quand le vin est tiré, il faut le boire !

— Ce n'est pas une mauvaise idée, agrée-t-elle en avalant une gorgée de gin pour délier ses cordes vocales qui s'entrelacent pudiquement.

— Je savais que je pouvais compter sur vous !

Sans tarder, il lui prend le bras et la guide dehors. Bien que soutenue, Thérèse est de plus en plus chancelante sur ses échasses. Elle a l'impression d'avancer sur une corde raide.

———————

— C'est ici, dit-il, s'arrêtant devant une maison de chambre à l'aspect peu catholique, pour ne pas dire mal famé.

Ils n'ont pas échangé un mot pendant le trajet les menant au lieu crucial. Il sort une clé et l'enfonce fébrilement dans la serrure géante d'une porte lépreuse. À l'entrée, derrière un comptoir couvert de graffiti, un mastodonte en camisole grise, affalé sur une chaise, dort la bouche ouverte. Thérèse en est soulagée.

La chambre est au rez-de-chaussée. Ils marchent à pas ouatés sur un tapis effrangé et poussiéreux. Cette cambuse n'est pas le RITZ, mais ça fait sans doute partie du décor de pareilles excursions. Il faut commencer au bas de l'échelle, elle est une débutante, une attardée et ne doit donc pas se montrer trop exigeante.

Bien sûr, la chambre correspond à l'ensemble miteux. Meubles amochés, rideaux étriqués, lit grinçant sur lequel il s'assoit d'emblée devant Thérèse soudain parcourue d'une chaleur insolite et d'un frisson inquiétant. L'attitude fermée du garçon la laisse un instant perplexe. Il demeure absorbé, la tête inclinée, les mains sur les genoux.

« Qu'est-ce qu'il attend ? » se morfond-elle. Elle ne va quand même pas se jeter sur lui. Elle a eu beaucoup d'audace jusqu'ici, mais c'est tout ce qu'elle peut donner. Le reste, il doit le prendre ! Il s'est pourtant montré à la hauteur depuis le début.

— Viens, dit-il tout à coup à Thérèse qui souhaitait et redoutait cette invitation catégorique.

Elle s'installe à son côté. Le lit émet un sordide grincement. Il allonge le bras et éteint la lampe de chevet qui répandait un éclairage cireux dans cette pièce jaunie.

Instantanément sa bouche vient se coller à la sienne. Elle en a le souffle coupé. Deux mains tremblantes se glissent sous ses vêtements. Elle tressaille. Il la renverse et active ses recherches corporelles. Elle oscille entre l'effroi, l'envie et les crissements du sommier. La phase terminale est proche, Thérèse est à poil et résolue à aller jusqu'au bout en participant à cet échange sensoriel. Elle faufile sa main qui, à travers le pantalon hermétique, entre en contact avec une forme flasque. Se peut-il qu'il ne soit pas encore prêt ? Il la rejette alors brusquement, s'éloigne et se met à sangloter.

Qu'est-ce que ça signifie ? Elle est là dans son plus simple appareil, les jambes écartées et les cheveux emmêlés. Lui, en tenue protocolaire, se retrouve à pleurnicher à l'extrémité de la couchette. Ou peut-être à rire ? Le vieux complexe de Thérèse émerge.

— Pardonnez-moi, gémit-il. Pardonnez-moi, je n'en suis pas capable.

Quel scénario ! Il se paie sa fiole !

— Je croyais que j'aurais pu enfin, enchaîne-t-il inconsolable, mais c'est inutile, je n'y arriverai jamais.

Seule, repoussée, elle a la chair de poule au milieu de ce lit douteux.

Il poursuit, soudain menaçant, comme si elle avait voulu s'ingérer dans son intimité :

— Je vous avais dit que j'avais des problèmes ! Je vous avais prévenue !

Tout à coup malgré la pénombre, en voyant le visage courroucé du garçon qui garde une moue enfantine tandis qu'une mèche de cheveux joue sur son front blême, Thérèse comprend son dilemme. C'est un homosexuel. Elle s'est enfermée dans une chambre pour avoir des relations avec un homosexuel.

C'est gai !

Elle est vite sortie de ce lupanar, témoin d'ébats trompeurs et décevants. Quelle pitoyable ébauche ! Assez pour décourager la mieux intentionnée, mais elle a trop longtemps attendu pour se laisser rebiffer ainsi. Pas question de renoncer ! Ce sont les premiers pas qui coûtent et elle les a faits, même s'ils ne l'ont menée nulle part. Elle décide d'effacer cet incident peu élégant, ce faux pas de son noviciat sexuel, et de poursuivre sa marche libérale.

Elle en revient à sa première idée qui est la meilleure : celle de l'homme en état d'ébriété. Un vrai celui-là, un peu macho s'il le faut. Elle veut être sûre de ne pas hériter d'un autre damoiseau. Elle ira dans un hôtel fréquenté, genre cabaret, de ceux qui se spécialisent dans les rencontres entre deux verres et non un de ces petits trous recelant les adeptes des pires incongruités. Elle préfère, à la rigueur, tomber sur quelqu'un qui a le courage d'afficher son alcoolisme. C'est plus normal. Arborant ses atours de vamp, elle se présente aux portes du GRAND PALAIS, endroit fastueux, avec piste de danse, orchestre, lampes tamisées, sofas, alcôves... le tout garni d'hommes tirés à quatre épingles, végétant un verre à la main et un espoir dans les yeux. En plein la talle !

Afin de se faire remarquer — tactique honorable — Thérèse déambule jusqu'au centre et commande le rituel martini. Ça ne peut pas échouer, elle en a le pressentiment. Cette intuition se concrétise : le serveur revient avec une seconde consommation, l'informant discrètement avant qu'elle n'ait le temps de feindre l'étonnement :

— C'est le monsieur en bleu, sur le dernier tabouret à gauche, qui vous l'offre.

Il s'agit d'un homme dans la trentaine (déjà ça fait plus sérieux) : chic, les tempes argentées, les souliers vernis, le diamant à l'auriculaire. De son sourire à la Joconde, elle opine pour accepter la gracieuseté. Le visage masculin s'illumine, s'encadrant de deux fossettes. Il est vraiment charmant et, de toute évidence, fier qu'elle agrée ses approches ! Il se dirige à sa table, le terrain lui semblant favorable.

— Vous permettez ? demande-t-il courtoisement.

Il lui prend la main et y dépose ses lèvres. « Quelle classe, celui-là est un styliste ! » se délecte Thérèse, flattée et amusée.

Il s'appelle Marcel Dantin, travaille dans l'immobilier à Vadral et est descendu au GRAND PALAIS pour assister à un congrès. Il est marié et sur le point de divorcer. En l'espace de quelques verres, elle connaît tous ses antécédents. Lui, au moins, il joue cartes sur table ! Et puis perspective intéressante : il commence à tanguer après cette ingurgitation systématique d'alcool. Elle aussi se sent vaporeuse. C'est une agréable sensation. Il vaut mieux être sur la même longueur d'ondes pour ce qu'ils projettent de faire, car pas d'erreur ils ont la même idée. Le genou qui a commencé à frôler celui de Thérèse sous la table, la presse maintenant dans une manifeste sollicitation.

— Vous dansez ? propose-t-il, guilleret.

Elle accepte, ravie. Tout est si amusant ! Peu à peu, ses préjugés font place à la volupté. Appuyés l'un sur l'autre, titubant, s'esclaffant pour des riens, ils parviennent à la piste. La musique est sensuelle, favorisant l'étreinte et l'abandon. Il la serre, embrassant son cou avec érotisme. Soudain elle sent une masse dure poindre avec une ardeur insistante au rythme de la musique grisante. À son tour de suggérer :

— Votre chambre est à l'hôtel, n'est-ce pas ?

Il lève la tête et bien que ses prunelles soient dilatées par l'alcool, elle peut y voir briller cette flamme vainement épiée dans le regard vaseux de Jean-Paul.

— Suivez-moi ! dit-il et ses pas caracolent un peu moins alors qu'il l'entraîne vers l'ascenseur.

C'est dans la poche !

———————

La chambre transpire le luxe et la luxure. Le lit est invitant et elle n'est pas longue à s'y retrouver en tenue d'Ève, anxieuse bien qu'incommodée par l'odeur de lavande et de boisson que dégage cet homme salace. Elle ne peut s'empêcher d'éprouver une petite nausée due sans doute à sa propre ivresse et à l'excitation.

Il s'est allongé sur elle, haletant, son pénis dur, prêt à s'enfoncer. Thérèse se sent à la fois légère et écrasée sous ce corps en puissance vibrant de contractions, cherchant avidement à s'encastrer dans le sien. Brusquement un froissement de draperie tirée et une lumière éblouissante viennent figer leur frénésie. Une femme flanquée d'un homme avec une caméra surgissent.

— Cette fois, tu es fait comme un rat ! s'exclame la nouvelle venue, fustigeant Marcel Dantin du regard. J'aurai tous les avantages dans cette affaire. J'ai les preuves maintenant !

— Va-t'en au diable ! s'écrie Dantin, se dressant dans son priapisme d'étalon en rut.

— Tu es soûl, dit-elle avec mépris. Tu es soûl et dégoûtant ! Comment ai-je pu me marier à un personnage aussi ignoble ?

C'est une scène de ménage. Plus que cela, un adultère flagrant mis à jour pour des fins de poursuites judiciaires et auquel Thérèse est involontairement, mais irrémédiablement, confondue.

Elle est nue comme un ver, sclérosée par ce revirement invraisemblable de situation. Son état pompette nuit à ses réflexes. Elle est lente à s'extirper de cette fâcheuse posture. Heureusement le litige est débattu par deux antagonistes, les autres ne sont que de minables figurants. Au milieu de cet affrontement orageux, de ce dialogue d'injures, elle évacue le lit en récupérant ses vêtements épars. Elle les enfile tant bien que mal et se coule dehors, les souliers dans les mains. Sautant dans un taxi, elle conclut qu'elle s'en tire à bon compte car si la lucidité n'avait pas été altérée par l'alcool, elle serait morte, littéralement étouffée par la honte.

Quelle triste issue à ses tentatives bien rodées. À croire qu'il existe une censure rien que pour elle. Thérèse en vient à le penser. Cependant, loin de la dissuader de son projet scabreux, ces défaites renforcent son désir de se faire déflorer. Elle n'en peut plus d'être rosière ! À deux reprises si près du but ! Hélas, le tout s'est soldé par un flop cuisant. Il ne faut pas démordre, l'échec peut être stimulant. La prochaine fois, olé ! Il faut prendre le taureau par les cornes, ne pas se laisser désarçonner.

Au bureau, elle est ombrageuse vis-à-vis des donzelles dont les frasques sont emballantes. Elle ronge son frein. Un matin qu'elle est attelée à parcourir le courrier, une note du directeur de la production lui requérant les services de dactylos pour un inventaire, la fait réfléchir.

Monsieur Cochepierre... Elle n'y avait pas songé à celui-là. C'est un veuf d'une cinquantaine d'années, un vieux cochon, au dire des filles, toujours à leur pincer les fesses et chuchoter des obscénités. Il a déjà fait des avances à Thérèse. Comment avait-elle pu l'oublier dans la conjoncture actuelle ? Quoi, ce n'est pas si bête ! Étant donné qu'il est passablement plus âgé, pour lui sa virginité serait naturelle, il n'en ferait pas un plat. Saurait-il être discret ? Ça, c'est moins sûr, mais elle doit en courir le risque. De toute façon, il raconte tellement d'histoires farfelues sur ses prétendus exploits et ses partenaires célèbres que personne ne le prend au sérieux ni ne l'écoute à la longue. Sans regimber, Thérèse se rend donc personnellement porter sa réponse.

Dans un coin désaffecté de l'usine, monsieur Cochepierre occupe un bureau fumeux, tapissé de calendriers pornographiques. Bedonnant, à moitié chauve, la cravate de travers, il est à écaler des cacahuètes. Sous ses yeux libidineux et luisants de malice, Thérèse franchit le seuil, la poitrine bombée et la taille cambrée comme un matador.

— Bonjour, ma jolie ! Il est rare que j'aie le plaisir de te voir venir dans mon bureau...

Il tutoie chacun et ses paroles sont à double sens ; il ne peut manquer d'y insérer une grivoiserie. Cette fois, il ne parvient pas à empourprer Thérèse qui soutient son regard affamé et son sourire lascif.

— Qu'est-ce que je peux faire pour toi, ma beauté ? Je suis prêt à tout, tu le sais !

— Je me suis souvent demandé si vous étiez un gros parleur... rétorque-t-elle posément en le dévisageant.

Ses sourcils broussailleux se haussent. Il ne s'attendait pas à cette répartie, croyant qu'elle allait sèchement lui faire part du but administratif de sa visite. Ce genre d'échange lui est familier et il ne cherche pas longtemps sa réplique :

— N'importe quand ! lance-t-il, ne prenant aucune chance de négliger quelque opportunité.

— Eh bien, disons demain soir. Vous avez souvent vanté votre garçonnière, je serais curieuse d'y jeter un œil.

Il faillit en avaler son dentier. C'est la première fois qu'on le prend ainsi au mot. En tout cas, il ne va pas décliner l'offre. Si cette fille est en mal de sexe, elle a trouvé son homme ! Il va lui prouver que l'expérience vaut la jeunesse. Il en jubile d'avance, la détaillant de la tête aux pieds avec concupiscence.

Thérèse comprend qu'il ne va pas se débiner. Elle constitue une bouchée de roi. Dommage que ce ne soit pas réciproque, mais aux grands maux, les grands remèdes ! Elle a trop longtemps compté sur le chevalier servant pour son dépucelage, un ogre sera maintenant ad hoc. Elle sort de l'antre avec un rendez-vous galant.

À la fermeture, le père Cochepierre l'attend patiemment dans sa voiture. Elle prend soin de laisser partir tout le monde avant de l'y rejoindre. Alors elle traverse du côté de l'entrepôt et s'esquive par l'« exit » pour monter à bord de la guimbarde.

Monsieur Cochepierre emprunte un tas de rues secondaires et débouche aux abords d'un terrain vague dans le quartier industriel, où il stationne. Il ne peut retenir un rire gras devant l'ahurissement de Thérèse, mais celle-ci est encore plus médusée lorsque, d'un coup de reins, il fait basculer le siège qui forme une surface de velours tapé sur laquelle elle se retrouve dare-dare couchée.

— Que penses-tu de ma garçonnière ? ricane-t-il, fiérot de sa démonstration.

— Très originale, le moins qu'on puisse dire... balbutie Thérèse qui en voit vraiment de toutes les couleurs dans ses dernières tribulations. Mais je croyais qu'on allait d'abord souper, ajoute-t-elle voulant retarder cette mésalliance.

— C'est là un amuse-gueule pour nous mettre en appétit, ma poulette !

Il l'empoigne et la déshabille en soufflant comme une baleine, puis lui prend la main et l'enfouit dans son caleçon. Une chiffe poilue y remue, tendant à durcir, à s'allonger. Thérèse a l'impression d'avoir la main prise dans un terrier de petite bête. Est-ce cette bête qui va affronter l'autre embusquée dans sa chair ? Va-t-elle voir couler son sang ? Monsieur Cochepierre s'apprête à l'immolation. Maladroitement juché sur elle, il lui suce goulûment un sein. Sa respiration est courte quand un râle s'échappe de sa gorge brûlante. Il est agité d'une violente convulsion, puis s'effondre en écrabouillant Thérèse.

Il ne bouge plus. Sans doute a-t-il joui avant même de la pénétrer et est-il exténué par l'effort. « Quel goinfre !» fulmine-t-elle. « Quel affreux bonhomme ! Qu'il ne songe pas à se prélasser indéfiniment.» Elle n'est pas un matelas sur lequel il peut baigner dans son sperme en toute satiété. Elle le repousse.

— Monsieur Cochepierre, enlevez-vous ! Vous êtes lourd !

Il reste là, inerte et coi.

— Mais enfin, j'étouffe ! rage-t-elle gigotant sous cette masse oppressante.

Il demeure de roche. À pleines mains, elle saisit alors sa grosse tête. Un spasme d'épouvante la traverse. C'est maintenant son cœur qui bat la chamade. Les yeux de monsieur Cochepierre sont révulsés. Aucun souffle ne s'échappe de ses lèvres mauves.

Mue par une force prodigieuse, elle propulse le corps contre les portes. Il est mort ! Thérèse est coffrée dans cette carlingue avec un mort ! Un frémissement d'horreur la secoue. Déjà, de son vivant, elle éprouvait de la répulsion pour cet abject lourdaud, mais à la vue de son cadavre, elle a peine à réprimer un vomissement. Vite, il faut sortir de ce cercueil de tôle, il faut s'éloigner de cette cage avant que les ténèbres ne la pétrifient avec sa peur.

Toute tremblotante, elle ramasse son linge, tirant sur des morceaux coincés sous la dépouille encore chaude. S'éjectant, elle se met à courir à tombeau ouvert au milieu des champs désolés. Elle a l'impression que mille démons la talonnent pour l'enfourcher.

Ce n'est qu'en vue d'un secteur passant qu'elle se ressaisit. Son esprit survolté s'agrippe à la réalité. Quelle écervelée d'avoir ainsi cédé à la panique ! Au moins n'a-t-elle rien omis pouvant la compromettre ? Elle s'examine. Quoique mal attifée, tout est là, y compris sa sacoche. Elle ne laisse donc aucune trace sur le lieu de l'avatar — ce n'est pas celui du crime ! Si ce vieux schnoque a présumé de ses capacités, ce n'est pas de sa faute. Elle n'a été qu'un instrument entre ses mains consentantes et abusives. Elle n'est en rien responsable de la tournure néfaste de leur libertinage. Quel ballot ! Il fallait que ce soit précisément sur elle qu'il vautre sa carcasse. C'est bien son dernier rodéo ! Rajustant sa mise, Thérèse se hâte de rentrer pour prendre un bain.

Le lendemain, elle est officiellement informée du décès de monsieur Cochepierre. Un ouvrier vient cotiser les employés pour l'achat d'une corbeille en hommage au défunt directeur, victime d'un infarctus. Certains bruits courent à l'effet que l'affaire comporte plus d'éléments, qu'on a retrouvé le corps dans un drôle d'état, mais la personnalité en cause n'étant guère populaire, sa disparition ne suscite pas grand remous. Ce vicieux peut bien s'être fourré dans quelque micmac, bon débarras !

Finalement Thérèse a été une bonne Samaritaine, mais cet acte magnanime ne résout pas son problème en tant que vestige de vestale ! Ce nouveau fiasco l'enrage, la révolte. Elle semble à bout d'imagination, mais non de hardiesse heureusement renouvelée au fil des péripéties. Sa témérité s'affirme et l'idée d'un viol, qui l'avait effrayée, lui apparaît désormais comme une solution, peut-être sa planche de salut.

Si seulement elle avait une voiture, elle pourrait draguer des autos-stoppeurs en les triant sur le volet. Qu'à cela ne tienne, elle va inverser le manège et galvauder dans le port. Ça finira par cliquer. Sans racoler à proprement parler, elle opte pour le flirt. Le moment venu, son ingénuité à seconder son agresseur est le meilleur gage contre toute bestialité.

Quelques semaines s'écoulent sans l'ombre d'un assaillant. Elle est sur le qui-vive, mais chaque fois un piéton pressé la double sans même la frôler. C'est frustrant. Pourtant, inévitablement, le soir vient où sa persévérance est récompensée, du moins elle le croit a priori...

Un individu la happe à la hauteur d'une ruelle, l'entraîne vers le fond et l'appuie fermement contre un mur de brique. D'une main, il lui obstrue la bouche, tandis que l'autre déchire sa blouse diaphane. Après avoir fougueusement trituré ses seins, il arrache impétueusement sa jupe dont les coutures sautent. Thérèse voudrait lui signaler qu'il est inutile de se donner tant de mal, mais il est trop ardent dans son assaut pour permettre quelque interruption. Elle entend le bruit métallique d'une fermeture éclair et un manche énorme descend tel un pont-levis s'abattant sur ses rives mouillées. La manœuvre est parfaitement exécutée, mais soudain suspendue par le claquement de deux portes.

— Lâche immédiatement cette fille, misérable ! intime une voix héroïque.

Deux agents font irruption, la matraque d'une main et la moralité de l'autre. Les deux sauveteurs parfaitement synchronisés s'emparent de l'infortuné maniaque, l'invectivent des plus basses épithètes et l'acculent à son tour au pied du mur pendant que Thérèse, vierge et martyre, croule sous l'impact de son destin acharné.

Dans un état physique et mental déplorable, on la transporte à l'hôpital pour le contrôle de rigueur. Bien qu'elle assure ne pas avoir été violentée, on croit à un excès de honte inhérent au traumatisme.

À la clinique, on met des gants blancs. Les gens sont bienveillants et la chouchoutent. L'ayant fait dévêtir, le médecin de service lui passe une visite complète. Auparavant ce genre d'exploration sur sa personne l'aurait affreusement gênée, à présent elle est immunisée. On la prie ensuite de se rhabiller. La conversation change alors dans la salle d'observation ; elle ne se prête plus tellement à l'empathie, mais à l'acrimonie.

— Elle présente certains symptômes, c'est évident. Il faudra analyser le prélèvement, avance le médecin.

49

— Encore une qui a le cul plus sensible que le cœur ! déclame une voix tonitruante. De nos jours, on est moins prédisposé à la maladie d'amour qu'à la maladie tout court !

On vient la chercher, affichant une attitude condescendante. Les policiers, avec lesquels on a devisé en catimini, lui emboîtent le pas et demandent d'un ton bourru si elle a l'intention de faire une déposition. Eux aussi se montrent subitement renfrognés, on dirait qu'ils ont été influencés par la gent médicale. Elle déclare ne vouloir rien intenter, évitant tout démêlé avec la justice.

— T'as p'tête intérêt ! lance cyniquement un des sbires.

Rapidement, ils la conduisent chez elle. À destination, on lui notifie laconiquement de débarquer. Thérèse est offensée. À quoi rime cette volte-face ? Qu'a-t-on à lui reprocher ? Ils ne peuvent pas savoir qu'elle a joué à l'appât, qu'elle a été une proie bénévole. Ils ignorent ses manigances. Comment se fait-il qu'on la traite en sousproduit ? Qu'est-ce qui lui mérite l'affront général ? Et cette histoire de symptômes, d'où sort-elle ?

« Qu'ils aillent se faire foutre, leur façon de penser ne m'est pas primordiale ! » peste-t-elle. Ce nouveau revers qu'elle essuie la touche et l'ébranle davantage. Elle a perdu confiance. Dans son dévergondage, elle a tout essayé pour se mettre au diapason de la vie moderne. Son karma est sans doute de rester intacte. Elle n'a qu'à remballer ses fanfreluches et se débarbouiller la fraise puisqu'elle est en déconfiture.

Fatiguée de ces efforts contrés, elle se paye une semaine de congé. Ses approches sociales ont été suffisantes, sinon concluantes. C'est comme l'effet d'une fièvre tenaillante qui s'évapore. L'heure de la retraite est venue, elle a assez vécu !

———————

La sonnerie du téléphone la réveille abruptement ce premier lundi où elle peut roupiller. Imprégnée de sommeil, elle décroche à rebrousse-poil. Ne peut-elle jamais faire à son goût ?

— Mademoiselle Thérèse Laporte, s'il vous plaît, psalmodie une voix neutre.

— Elle-même...

— Ici le docteur Valois. Malheureusement je n'ai pas de bonnes nouvelles ce matin, mademoiselle. Le résultat de vos analyses est positif. Vous voudrez donc passer à la clinique de vénérologie dès que possible.

Elle déchiffre mal ce charabia. Il y a sûrement quiproquo.

— Quelles analyses ? marmonne-t-elle.

— Votre culture bactérienne pour la détection de maladie vénérienne. Vous êtes venue la semaine dernière. Eh bien, vous avez attrapé une gonorrhée en règle !

Thérèse avale sa salive. Elle est amère cette salive du lever. Toute la nullité de ses turpitudes refait jour. Qu'est-ce qu'il raconte ? Pas une fois, elle a eu une relation concrète. La seule chose dont elle est atteinte, c'est de virginité incurable ! Du reste (elle en rougit presque), on avait dû se rendre compte qu'elle était encore sous scellé...

51

— Mais il n'y avait pas eu viol lors de l'agression. Vous vous souvenez, votre diagnostic l'a démontré.

— Effectivement. Il s'agit probablement de relations antérieures.

Accoudée sur son lit, la main crispée dans les cheveux, elle est terrassée. Quelle douche ! Le médecin n'ose pas trop mettre en doute sa sincérité. Ce n'est pas la première gourde à se faire remplir.

— Il suffit d'un simple baiser, de contact étroit, d'écoulement, et l'infection se répand, vous savez. De toute manière, le plus vite nous commencerons les traitements, le mieux ce sera. Surtout abstenez-vous d'autres rapports !

Il raccroche, abandonnant Thérèse recroquevillée comme un fœtus dans son lit tiède qui lui brûle pourtant les fesses comme toute couche le fera désormais. Ce lieu, cette position qu'elle a tant convoités pour se faire prendre... Elle s'est bel et bien fait prendre et contrairement à ce qu'elle a cru, elle ne demeurera pas les mains vides de ses expériences avortées : elles seront tachées pour toujours !

Une maladie vénérienne ! Pour un coup bas, ç'en est un ! Elle n'avait pas songé à cette éventualité aussi présente et réelle que la vie émancipée à laquelle elle aspirait. Ce genre de risque allait de pair. Dire qu'elle ne s'assoit pas sur les toilettes par crainte des microbes ! Où a-t-elle eu la tête ? Mais elle n'en avait plus, elle n'avait qu'un corps qui se jetait, éperdu, dans n'importe quel pétrin, avide de sensations et surtout de curiosité. Pour comble, il est resté sur sa faim ! Une maladie honteuse. Si quelqu'un venait à l'apprendre. Quelle atroce pensée ! Et sa virginité dans tout ça, tant exécrée et redoutée, il semble même qu'elle n'ait en quelque sorte jamais existé !

Alors qu'angoissée elle soupèse les conséquences désastreuses de son insouciance, un nouveau timbre retentit : celui de la porte. Sautant de son lit, sans peignoir, elle court répondre. Jean-Paul est sur le palier, vêtu de son meilleur costume. Il la regarde en louchant.

— Bonjour ! Que vous êtes belle dans ce déshabillé, Thérèse ! J'avais hâte de vous revoir. Vous m'en vouliez un peu pour m'avoir mis en quarantaine. Sans doute avez-vous eu raison, mais j'ai changé. Laissez-moi entrer, vous verrez ! Et puis je veux vous demander... voulez-vous m'épouser ?

Pour la première fois fringant, l'œil pétillant et le discours croustillant, il exhibe une énorme gerbe de fleurs.

C'est le bouquet ! Thérèse Laporte lui ouvre grande la sienne. Elle a envie de lui faire la révérence (le croche-pied suivra). À sa consternation totale, elle le gratifie d'un effeuillage professionnel. Dans un élan, elle le dépouille à son tour des apparats de sa vertu et avec une ferveur qu'il n'aurait même pu imaginer, elle lui fait l'amour comme une déesse. Il est ébloui, et Thérèse, enfin assouvie. Elle l'a possédé jusqu'au trognon et ne sait pas quelle jouissance fut la plus forte : celle de prendre ou de donner... Chose certaine, elle n'aura jamais baisé personne de cette façon !

JUDITH
(ou le bel et la bête)

Judith observe son mari alors qu'il conduit avec dextérité sa puissante auto sport. C'est une de ses lubies que ces bolides racés, difficiles à manier pour les non-initiés. Il trouve ce genre de conduite relaxant et exaltant. Il a vraiment l'air dans son élément, les mouvements de ses bras et ses jambes en parfaite harmonie avec les changements compresseurs de la voiture. À quatre heures du matin, il ne ressent pas la fatigue. Il est increvable comme cette mécanique bien huilée et minutée.

— C'était une réception très réussie, tu ne trouves pas ?

Son profil est régulier. Rien ne cloche dans ce visage viril, aux traits à la fois énergiques et doux. C'est déconcertant. Judith a six ans de moins et malgré ce décalage, il est indiscutablement plus jeune.

— Judith... Tu dors, ma chérie ?

De sa main chaude, il lui caresse le menton.

— Excuse-moi, Bruno, je rêvassais. Ce fut une soirée agréable.

Bruno... Même son nom a une résonance juvénile. Soirée agréable, soirée infecte, oui ! Toutes les femelles avaient les yeux dardés sur son mari. À son grand désarroi, elle a d'ailleurs surpris les cancans de quelques-unes de ces langues de vipère.

— Quel homme charmant ce Bruno Dijon ! Lui et son épouse forment réellement un beau couple ; il est peut-être un peu jeune...

— C'est lui l'aîné ! s'était aussitôt récriée Françoise, une de ces super-péronnelles.

— Ah ! vraiment ? J'aurais plutôt cru le contraire, voyez-vous.

Là, c'était dit ! Judith se doutait de cette image qu'ils offraient, mais de l'entendre l'avait mise à plat, pire l'avait fait vieillir de dix ans ! Elle s'était aussitôt enfermée dans les toilettes afin de scruter son visage pour la nième fois. Elle a bien remarqué ces dernières années que des petits plis l'ornent d'une dentelle disgracieuse. Quelques cheveux gris s'insinuent. Elle ne peut quand même pas se teindre uniquement pour des reflets ! D'un autre côté, elle est réticente à les arracher. Le vieux dicton « arrachez un cheveu blanc et il en poussera dix » lui donne la trouille. Elle ne veut pas s'assurer de sa véracité.

Vieillir est sa phobie. Ainsi ce n'est pas par hasard qu'elle a épousé un homme plus mûr. Elle avait calculé ce détail qui représentait une règle élémentaire. Ne dit-on pas que les hommes restent d'éternels enfants et d'irréductibles don Juan ? Elle en avait la conviction profonde et s'était refusée à sortir avec ses cadets. C'était hors de question. Maintenant elle a la preuve de ce qu'elle a allégué. Ça fait douze ans qu'ils sont mariés, ils ont décroché la trentaine et Bruno est au bout de la chaîne. Plusieurs maillons les séparent et il est aussi séduisant qu'au premier jour. Il vieillit en beauté ! Ce n'est pas l'apanage de tout le monde, mais il existe des êtres que le temps illumine au lieu d'assombrir. C'est son cas.

Bien sûr, Judith n'a pas eu d'enfant. Ç'aurait pu l'empâter, la rendre moins désirable, sans compter les séquelles possibles. C'était trop risqué. Il fallait parer à tout ce qui pouvait laisser des traces, accélérer la marche du temps.

L'été, elle ne s'expose pas au soleil. Il ratatine la peau. Tôt ou tard, son épiderme subirait les conséquences de ces bronzages. Bruno passe néanmoins des heures à se faire rôtir. Il possède un hâle naturel et semble toujours revenir du Sud. C'est cruel. Sans le savoir, il l'a sans cesse défiée, et malgré les précautions qu'elle a prises, les soins esthétiques onéreux dans lesquels elle a investi, elle se retrouve Gros-Jean comme devant. Ce témoignage qu'elle a entendu porte au paroxysme sa hantise de vieillir. Cette peur tapie en chacun ne l'est pas en Judith ; elle est dressée et la nargue. Plus Judith veut l'affronter, plus cette peur se rive à elle l'imprégnant d'années avant même qu'elle ne les ait vécues.

Allons, la fatigue n'arrange rien, elle ne va pas devenir sénile à cause de médisances d'envieuses ! En se couchant avec son masque de nuit, elle y verra mieux. Dormir, oui... c'est la meilleure thérapie.

Pourtant Bruno se couche rarement avant les petites heures, après le tout dernier long métrage...

57

Ils jouent régulièrement au tennis et Judith a plus souvent les yeux braqués sur les cuisses de Bruno que sur les balles qu'elle s'exténue à ramasser aux quatre points cardinaux. À côté de ces cuisses d'homme fermes et vigoureuses, il lui semble que les siennes soient gélatineuses. Sa concentration émoussée, elle sort des rencontres, ruisselante et fourbue devant un adversaire radieux. La capacité de récupération de Bruno est fantastique, alors que Judith se traîne péniblement.

Ces déficiences se multiplient. Cantonnée à la maison, elle les remâche. Elle a du temps pour ça, s'étant bien gardée d'avoir un travail. Bruno est parfaitement apte à subvenir à leurs besoins. De toute évidence, il faut couper court à ce duel insoutenable. Si elle est incapable de se régler au niveau de cet Adonis, c'est lui qui devra faire les frais d'un ajustement.

Lui donner trop à manger pour qu'il grossisse est utopique. Il peut ingurgiter n'importe quoi et garder un corps athlétique. Ce n'est pas un tempérament à s'alourdir facilement. Judith a eu beau se décarcasser comme cordon-bleu, les calories n'ont jamais eu prise. Peut-être une moustache ou une barbe serait-elle une amélioration sinon une solution. Il est assez malléable pour se plier à cette innovation. Que ne ferait-il pas afin de lui plaire ? Ainsi un avant-midi qu'ils font la grasse matinée, elle s'applique à le cajoler.

— Ce n'est pas si désagréable... échappe-t-elle naïvement.

— Quoi donc ? s'enquit-il en dorloté.

— Ta peau rude. Je serais curieuse de te voir avec une barbe. Ça chatouillerait en embrassant ! Oh ! dis, tu devrais essayer. Ne te rase pas, mon amour !

Son processus de vieillissement est actionné. Pourtant, à la poussée des poils, au début quand cela peut donner l'aspect négligé d'un clochard, il fait plutôt penser à un collégien à son premier duvet. Judith se cramponne ; bientôt, Bruno sera encadré d'une toison hirsute et sombre. Sûrement produira-t-elle l'effet austère escompté.

Quel n'est pas son défrisement lorsqu'au fur et à mesure que la barbe devient fournie, la virilité de Bruno s'affirme et que loin de les camoufler, elle fait ressortir la limpidité de son regard et l'éclat de son sourire. Indéniablement, cela lui confère un charme additionnel. Il faut illico mettre le holà à cette parade, et malgré les compliments qu'il reçoit, elle décrète que cela ne lui convient pas et que ça l'irrite décidément trop. Prévenant, il la fait couper.

À bout de moyens, elle se met à lui faire porter des mises classiques, un peu vieillottes. Dans la naphtaline les tenues sport épousant les muscles ! Tout en restant dans un ton correct, elle s'arrange pour ajouter une note sévère, fortement conservatrice à son habillement. Mais ce procédé est bien aléatoire car la mode est revenue à l'ancienne et peut-être paraît-il d'avant-garde dans des vêtements au style rétro.

Elle ne sait plus où donner de la tête. Cette recherche incessante et vaine, cette course contre le temps dans laquelle elle ne parvient pas à gagner du terrain en dépit des détours qu'elle emprunte, l'essouffle. Elle devient nerveuse, susceptible. Souvent elle s'éveille la nuit et se prend à contempler le visage détendu de son mari. Si seulement elle pouvait y dessiner quelques rides, creuser ses traits pendant ce sommeil réparateur. Hélas, c'est impossible. Alors elle s'efforce de se rendormir, il le faut sinon elle ne sera pas présentable demain. Parfois elle rêve qu'elle est devenue une petite vieille fripée et tordue que Bruno lorgne avec compassion et dédain. Elle se réveille crispée et découvre invariablement de nouveaux sillons sur son front inquiet.

Elle a un nouvel espoir quand il se plaint de troubles de la vue. Même si l'examen décèle de la fatigue et que le port de lunettes soit recommandé occasionnellement, elle s'empresse de l'affubler de bernicles grotesques. Bernique ! ça lui donne un petit air intellectuel. Certaines disent qu'il est mignon !

C'est désolant, mais ça le devient davantage lorsque l'exacerbation de Judith commence à déteindre sur Bruno. Ses critiques accablantes sur tout et sur rien, son caractère irascible, le font sortir de ses gonds. Il ne la comprend plus, ne la reconnaît plus. Quoi qu'il fasse pour contenter ses caprices, il s'attire des griefs. La moindre babiole soulève bouderies ou algarades. D'abord mécontent, puis soucieux, craignant les prémices d'une dépression, il lui suggère de consulter un psychiatre. « Ça y est, pense-t-elle, il me prend en pitié. » Sous ses instances, elle consent toutefois à s'y rendre en vue d'obtenir des soporifiques.

Il lui fixe un rendez-vous avec le docteur Massette recommandé par un collègue. C'est une femme dans la quarantaine, pas tellement affriolante, à vrai dire plutôt terne, la poitrine tombante, les bras replets. Par comparaison, Judith s'en trouve réconfortée, puis cela la déprime en pensant qu'à cet âge, elle sera aussi décomposée. Pour mettre le fion, cette quadragénaire pète de dynamisme et d'optimisme. Judith se garde bien de lui confier son problème. Comment une femme défraîchie et prenant sa condition à la légère pourrait-elle la rassurer sur son propre sort ? Elle dégoise donc des futilités ou se renferme simplement dans son mutisme, attendant que les séances aboutissent les unes après les autres.

Les traitements se succèdent sans grande amélioration. Le docteur convoque souvent Bruno pour l'entretenir du cas de son épouse. À la suite d'une de ces entrevues, Judith est exhortée à ne pas s'en faire : il s'agit probablement de la ménopause et, à ce stade, les désordres psychologiques sont courants.

La ménopause ! Elle se raidit comme sous une taloche. Rien que ce mot la fait capoter aux confins de son hypocondrie. La ménopause ! C'est sa condamnation, l'aveu formel de sa décadence, les premières mesures de son requiem.

À partir de ce moment, son état périclite. Elle ne veut plus voir d'amis. Ses nuits de somnambule, son abus d'alcool et de drogues accélèrent la détérioration. Elle et Bruno n'ont plus de relations. Il redoute ses réactions en tout. Elle refuse même qu'il la regarde ou la touche. Auparavant, s'il entrait dans la salle de bain alors qu'elle nettoyait sa prothèse dentaire, cela l'offusquait. À présent, si par mégarde il s'y hasarde, cela se traduit par une crise d'hystérie.

Le docteur et Bruno se concertent. Nul doute qu'un séjour en clinique s'avère nécessaire, une cure de repos est indispensable. Judith ne se rend compte de ce qui lui arrive qu'une fois internée. Elle se montre insupportable. On doit retirer toute glace de sa cellule car elle les réduit en miettes. Lorsque son mari se présente, elle se terre sous ses couvertures. Combien de temps dure cette situation ? Elle ne le sait pas.

Un jour, après une visite à la sauvette de Bruno, par la fenêtre elle le suit des yeux et l'aperçoit qui se dirige vers une voiture qui ne lui est pas inconnue : celle du docteur Massette. Elle le voit y monter, puis se pencher sur cette grosse femme rieuse et défaite, pour l'embrasser.

Ce spectacle la laisse bouche bée. Le soir même, elle devient docile, allant jusqu'à s'offrir aux injections qu'elle repoussait avec véhémence. Les médecins, auxquels son obsession refoulée a quelque peu échappé, accueillent ce changement avec satisfaction. Ils se demandent toutefois ce qui a pu modifier son attitude de façon si drastique et changer le cours de son angoisse mieux que leur psychanalyse. À leurs questions subtiles, elle répond qu'elle souffre d'hallucinations !

FRIDA
(ou la fin des chaleurs)

La grosse Frida fait du balcon comme d'autres font du yoga, de l'aquarelle ou de l'aviron. C'est sa détente, son dada, son sport. Les pieds sur son pouf, ses jambes désenflent. Toute la journée, elle travaille debout au bureau de poste, tantôt au guichet, tantôt au classeur. Le soir et les fins de semaine, elle se carre dans sa berçante, un châle sur le dos, un transistor et un sac de jujubes sur un guéridon. L'installation parfaite, en première loge, avec vue sur l'église et la grand'rue. Elle passe en revue les gens et les incidents du coin. Du haut de son nid d'aigle, même les rabais des magasins ne lui échappent pas. À ce propos, elle en a remarqué un bon dans la vitrine d'en face : quart de poulet à un dollar cinquante le kilogramme et lard fumé à deux dollars vingt. Auparavant, il y avait là un fleuriste qui a fait banqueroute. Le local a été racheté par un certain Tomassi qui l'a converti en boucherie. Frida n'a pas l'habitude d'acheter sa viande à la pièce, elle a un congélateur qu'elle remplit deux fois par année ; ça fait autant de pas et de sous épargnés, mais une fois n'est pas coutume.

C'est donc un samedi matin, meilleur temps à son dire, qu'elle s'y rend. Dès son entrée, elle est conquise. Ça sent net et frais. Des salamis pendent au-dessus de meules de gruyère appétissantes. De belles escalopes sont habilement disposées derrière un comptoir, à côté d'un assortiment de charcuterie. Au mur, des couteaux affûtés s'alignent devant monsieur Tomassi qui est occupé à décortiquer des crevettes. Trapu et costaud, il a la nuque forte et des cheveux de jais comme seuls le sont ceux des italiens. Un tablier immaculé le ceint. Il se tourne et son sourire est aussi étincelant que son échoppe.

— Bonjour ma p'tite dame !

Complimenteur avec ça !

— Vous êtes matinale. La première aujourd'hui. Qu'est-ce que je peux vous servir ?

Empressé, jovial, il sait amadouer la clientèle. Frida ressort avec une commande imposante et une prédisposition à récidiver. Comment résister à un choix si varié et à un marchand si futé ? Monsieur Tomassi la reçoit avec la même cordialité. Il parle de son métier avec goût, lance des œillades à Frida et lui prépare des filets avec la dextérité d'un chirurgien. Elle aime sa bonhomie. Sans barguigner, elle décide d'acheter sa viande au jour le jour. Pour la fraîcheur.

— Vous devez me trouver gourmande, dit-elle un matin.

— Jamais de la vie ! Ne me parlez pas de ces femmes fluettes. Vous, vous avez ce qu'il faut aux bons endroits !

Ça faisait longtemps qu'on n'avait pas décrit sa taille en ces termes. On a plutôt tendance à la traiter en boulotte et à l'entretenir de diètes. Certains hommes préfèrent les femmes en chair. Monsieur Tomassi est de ceux-là. Tant mieux ! D'ailleurs elle aussi aime la corpulence du boucher. De son balcon, elle a pu l'observer alors qu'il entrait des morceaux de viande sur ses épaules. Sous la chemise blanche, Frida a vu les muscles se bander, se gonfler. Une fois, il a retenu tout un quartier pour la saluer. Quel hercule !

Aurait-elle le béguin pour ce Romain ? Elle se cabre. Allons donc, elle n'est plus une pouliche du printemps. Plutôt un percheron ! Elle trouve cet homme sympathique, c'est tout. Il y a longtemps qu'elle a mis une croix sur les âneries. Depuis qu'elle a vu Léo Frénette, son ex, se pavaner au bras d'une autre. Les grosses sont de bonne pâte, compréhensives. Elle avait compris lorsqu'il avait dit que la petite Beaudoin se pâmait pour lui et qu'il l'épousait pour ne pas être cruel. Elle avait surtout très bien compris qu'elle était fine comme une gazelle et ravissante comme une biche !

Enfin, revenons à nos moutons. Il est vrai que monsieur Tomassi lui procure de plantureux gigots, lui confectionne des brochettes somptueuses, lui réussit des coupes superbes, et toujours à bon prix ; il est vrai qu'il ne lui est pas indifférent. Ainsi, avant de prendre ses vacances au bureau de poste, Frida a cherché à connaître son prénom dans le courrier. Maintenant elle l'appelle Carlo, ce qui ne paraît pas lui déplaire. Par ailleurs, elle passe des heures à bigler la salaison où monsieur Tomassi, boute-en-train, lui décoche des mines facétieuses.

Cupidon serait-il en opération entre deux saucissons ? Monsieur Tomassi est libre. Il n'a pas de jonc, ne raconte pas d'anecdote conjugale et il est seul à la messe. Demain, c'est dimanche. Si elle l'accostait pour l'inviter à goûter ce magnifique rôti qu'il lui a préparé. Y a pas de mal à ça.

65

Le lendemain, elle se hâte de mettre le bœuf au feu. Elle l'entoure de légumes et le relève d'assaisonnements. Avant de partir, elle l'arrose généreusement. Déjà un fumet se diffuse. À son tour de s'apprêter. Elle se pommade, boucle sa permanente, s'asperge de cologne et étrenne un tailleur d'automne qui rehausse sa silhouette. N'est-elle pas aussi ragoûtante ?

À l'église, elle s'assoit dans la nef centrale. À sa grande surprise, monsieur Tomassi, mi-figue, mi-raisin, vient se placer à son côté. Après l'épître, il se penche et lui souffle doucereusement à l'oreille :

— J'ai une proposition à vous faire. J'espère que vous accepterez.

Frida sent son cœur palpiter. Pendant l'Alléluia, un air plus joyeux la transporte. S'il veut lui faire des dimanches en Italie, elle s'accrochera volontiers à ses hanches ! À la sortie, monsieur Tomassi lui donne le bras.

— Voilà, demain je dois me rendre à l'aéroport chercher ma femme et ma fille. Comme vous êtes en congé, j'ai pensé que vous pourriez jeter un œil sur ma boutique et dire aux livreurs de repasser mardi.

Elle en perd son latin. Ces immigrés, tous des baratineurs ! En rentrant, elle garroche ses souliers qui lui mâchuraient les pieds. Elle sort le rôti et l'engloutit. Ses instincts carnassiers assouvis, elle va sur le balcon et rapatrie son gréement. C'est frisquet. Il faudra bientôt hiverner et emplir son congélateur chez un éleveur des alentours. Cette année, elle fera décapiter un porc. Capité ?

MARIELLE
(ou le retour à une nature)

Il y a des gens pour qui tout est facile. On dirait que leur vie est tracée au couteau, sans éraflure. Leur destin est standard, soumis à peu d'impondérables. C'est une rivière qui coule sans sinuosité, à peine sujette à quelques bouillonnements.

Tel est le cas des filles que Marielle Lacasse a connues au couvent. Une fois sur le marché du travail, elles se sont mises à sortir, dans un délai respectable, ont trouvé un cavalier, se sont fiancées, puis mariées. La plupart ont des marmots et font, ma foi, une vie de famille normale. Cela ne signifie pas qu'elles sont sans tracas, sans misère, mais foncièrement le déroulement de leur existence est exempt d'anicroche.

Il n'en est pas de même pour Marielle. Le cheminement préliminaire a été analogue, puis une bifurcation s'est produite à l'improviste. Dès lors, leurs routes divergèrent. Marielle dérogea de la trajectoire naturelle de ses compagnes, brisa le synchronisme. Elle débarqua du moule et sentit que cette prérogative lui serait préjudiciable.

De fait, dans l'immense puzzle humain, elle ne parvint plus à trouver les morceaux s'ajustant à son montage. Elle avait beau les retourner, voire à l'occasion les forcer un peu, peine perdue, rien ne s'enchâssait. Les formes et les tons n'y étaient simplement pas. De toute évidence, sa création n'était pas ordinaire. Chef-d'œuvre ou navet ? En tout cas, abstrait !

Quand elle y repense, quand elle fait le bilan de ces années gaspillées à se cuisiner la cervelle pour découvrir la recette du bonheur, elle en a un haut-le-cœur. Elle qui rêvait de gastronomie ignorait devoir se contenter de tambouille !

Les premiers ingrédients se composaient de rencontres fades, de contacts superficiels et d'échanges oiseux ; bref, impossible de dénicher l'âme sœur ! Son record de fréquentation d'une traite était de cinq mois. Piètre performance. Bien entendu, sans passe-droit, le temps ne se préoccupait guère de ses déconvenues. Il continuait son train-train et Marielle restait à la gare ! Pourtant elle n'était pas une fille compliquée, elle avait bon caractère et du relief (d'autres moins galbées avaient immédiatement trouvé chaussure à leur pied). Si la montagne ne venait pas à elle, Marielle irait à la montagne ; c'était encore la meilleure philosophie à adopter et elle l'éprouva sans tarder en s'ouvrant un compte à la banque de cœurs. Pourquoi pas ? C'était tout désigné pour trouver celui qui ferait la paire.

Effectivement l'agence matrimoniale EURÊKA Incorporée lui dégota rapidement sa moitié : Mario Martel, trente-deux ans, position stable, santé florissante, concordance d'astres, d'aspirations, d'éducation... L'ordinateur, on ne fait pas mieux ! Ce ne fut pas le coup de foudre, mais le coup de pouce de l'agence suffit à en faire un ménage en sursis. L'été suivant, Mario et Marielle publièrent les bans. Le mariage n'est-il pas un coup de dés ?

Enfin la vie organisée, cataloguée, s'amorçait. L'objectif était atteint : elle avait regagné les rangs orthodoxes. Elle n'en demandait pas beaucoup à l'existence : juste d'être en mesure de vivre au rythme du commun des mortels. Elle voulait être du nombre de ceux qu'on dit sans histoire. L'excentricité n'était pas son fort.

Il semblait qu'elle fût exaucée. À bas la vente de charmes sous pression, l'emploi d'artifices féminins, l'invention de pièges aphrodisiaques, le stress de la compétition, l'anxiété usante de la prospection ; son arsenal était mûr pour le rancart, elle s'était casée. Elle avait droit au repos de la guerrière. Vouloir, c'est pouvoir ou La Palice !

Oui, tout baignait dans l'eau de rose, jusqu'à ce beau jour du mois de Marie, à l'occasion du pique-nique familial annuel, où elle surprit son mari à peloter sa belle-sœur au milieu des pissenlits. Cela faisait deux ans qu'ils étaient mariés. Marielle avait fait des pieds et des mains pour garder son homme en haleine. Elle ne méritait pas cette trahison éhontée. Comme on s'attache même à une vieille chaussette, s'était ensuivie une crise d'affliction édifiante. À l'aberration totale succéda la désolation finale et elle connut les affres de l'amour trompé.

Les théories les plus pessimistes et emphatiques (qu'elle crut innover) lui vinrent à l'esprit : « L'amour est une pompe. Il suce ce qu'il y a de meilleur en nous, ensuite on est un cadavre. L'amour, comment déraciner ce mal qui a envahi le corps et l'âme ? Comment l'arracher sans se blesser davantage ? C'est une écharde profondément ancrée qu'il faut extraire coûte que coûte sinon l'infection s'aggrave. »

Parfois elle se revoyait marginale, émergeant d'une autre sphère ; comble d'incompatibilité après avoir remué ciel et terre pour être sur la latitude de ses congénères ! Alors elle se rabattait sur sa mauvaise étoile et songeait que le monde est un troupeau. Si un bipède faiblit, s'il s'égare ou hésite en voulant reprendre son souffle, la horde le piétine sauvagement, sans pitié ou pire encore, sans s'en apercevoir. Il est un obstacle à la foulée.

Même un raz-de-marée finit par décliner et ainsi en fut-il de sa douleur. Elle résolut de se montrer moins outrancière. Peut-être s'agissait-il d'un égarement. Il fallait pardonner cette incartade, passer l'éponge. Le front unit, elle se garda de toute admonestation. Malheureusement elle n'était pas au bout de ses désillusions car son mari recourut le cotillon. Marielle se sentit flouée jusqu'aux entrailles et se laissa dériver. L'alcoolisme répondait à ce mouvement et elle tenta de s'y adonner, mais n'eut pas la santé d'ivrognesse nécessaire.

Que restait-il à faire sinon de tourner la page ? Pourtant il fallait trouver un moyen d'enrayer cette gangrène. Elle usa d'un pieux mensonge à savoir qu'elle était enceinte. Devant pareil fait, son mari regagnerait le nid et la basse-cour picorerait d'autres graines. Hélas, le troisième reniement était imminent et le troisième chant de son coq se transforma, chez elle, en celui du cygne ! Ce fut la fin de la passion. Après la fixation sentimentale suivit la crucifixion royale de cette idéologie de plagiaire qu'elle nourrissait depuis des années, c'est-à-dire le couple proportionné et amidonné, symbolique et stéréotypé. Au diable ces souverains poncifs ! Sans être de leur race, elle avait imposé à son visage les mimiques de ses sœurs. Elle s'était escrimée à calquer sa vie sur ces parangons qui semblaient avoir atteint le summum dans l'art de vivre. Le folklore était terminé, il lui fallait réapprendre sa propre toune et ce changement de cadence l'étourdissait par sa célérité et par cette nouvelle conscience qu'il entraînait. Sous sa réaction impulsive se dessina une chorégraphie inédite marquée de deux temps : détachement et agressivité en double saut périlleux !

Pourquoi avoir cru vital de se souder aux autres ? Pourquoi présumer que la vie s'arrêterait sans leur présence éphémère et vulnérable ? Le second mécanisme s'enclencha : sa vengeance ! Saboter ainsi son mariage, elle avait eu tellement de mal à le fricoter. À l'avenir, elle ne se mettrait plus Martel en tête. Il avait voulu faire le mariole, elle allait jouer les Machiavel et semer la zizanie. Il y aurait de Lacasse ! Ce serait la loi du plumard !

Si seulement elle n'avait pas été abusée par ce cercle d'élus auquel elle avait souscrit ; mais de tous côtés avaient fusé les saloperies. Elle-même avait fait l'objet des privautés de maris licencieux. Si elle avait eu la jarretelle concurrentielle... Non, elle s'était évertuée à demeurer loyale, à préserver ces valeurs sur lesquelles devait reposer le fondement du couple. Voilà où ça l'avait menée ! Une famille bien vue est une famille cocue, oui ! Avoir recours à une progéniture fictive pour qu'on lui concède le minimum de fidélité. Mais attention, le vent tournait ; c'était à son tour de l'avoir dans les voiles et elle en profita pour hisser le pavillon noir. Debout sur sa galère, elle allait harponner ces maquereaux et ces sirènes, pirater les mariages enviables. Écueil pour écueil, flanc pour flanc, elle allait les saborder ! C'est sous cet étendard qu'elle se mit à sillonner les salons, jurant de ne plus jamais jeter l'ancre dans cet océan de merde !

Le moins qu'on puisse dire, elle avait changé de cap ! Assez de lutter à contre-courant ! Rien ne canalisait ses ébats et elle se mit à marauder en troubadour à la fredaine épicurienne : « *L'important, c'est la chose...* » D'abord abasourdi, son entourage fut ensuite indigné. Ses aventures se multipliaient, débouchant sur autant de scandales qui s'emmêlaient comme des ficelles sans que rien ne prouvât que ça fît un nœud. Marielle prenait plaisir à cet enchevêtrement d'intrigues. Elle s'y retrouvait telle une araignée dans sa toile. Cependant rien n'est à la fois plus fort et fragile que ces mystérieux filaments de vie et de mort. Une perle de rosée peut s'y poser, mais une goutte de sang ne saurait y tenir. À nouveau, Marielle resta ballante comme un yoyo dévidé.

L'épouse d'un de ses « mâles-aimés » (ainsi qu'elle surnommait ses conquêtes) s'était tailladé les poignets. Drôle de réflexe. Désespoir, folie ou châtiment ? À qui la faute ? À la maîtresse ou au mari volage ? Elle ne savait plus évaluer sa part dans ce suicide. Jusqu'à quel point était-elle responsable d'un acte dont le vécu lui était étranger ? Elle avait eu besoin de peu pour vivre. Pourquoi cette femme ne s'était-elle pas dépêtrée ? Ignorait-elle que le bonheur est composé de tant de pièces qu'il en manque constamment, qu'il faut refaire sa vie comme une patience ? Et Marielle, en était-elle avertie pour s'être démenée comme une girouette ? Ce geste extrémiste était le sien face à la même insécurité et la même mésestime. Elle croyait avoir été écartée par le sort, vouée à un rôle de second plan, et elle réalisait que ses faits et gestes étaient agencés à ceux des autres, reliés dans une interaction effroyable.

Quelle ambivalence... Elle voulait une existence comme celle de ses semblables, ni plus ni moins. N'est-ce pas ce qu'elle avait eu ? Quand elle s'en était finalement aperçu, elle avait encore éprouvé une sensation de vide. Comme si sa vie eut été un désert et qu'un nouveau mirage s'évanouissait, la laissant seule avec sa soif inextinguible.

Nous sommes pleins de choses qui nous poussent dehors alors même que la source est en dedans, au tréfonds de soi. Il fallut du temps à Marielle pour y descendre. Que n'eut-elle découvert avant les méandres qui l'habitaient ? Elle se fut retrouvée plus tôt et eut appris cette simple loi : pour se donner, il faut être à soi.

Revenue de son exil, elle part aujourd'hui pour d'autres quêtes, mais sans chercher à émailler son roman de souvenirs surfaits. Désormais, elle a confiance en ses mémoires et si la fable ne rime pas toujours, sa prose, elle, est enfin libre.

LUCILLE
(ou l'apprentie sage)

DÉPANNEUR CHOQUETTE. Le panneau se balance au vent. Lucille souhaiterait qu'il soit arraché. Elle entre par la porte de côté ; ce serait plus court par le magasin mais elle en a horreur. Ce qu'elle abomine depuis treize ans lui sauterait à la face : les petits gâteaux à la crème, au caramel, à la noix de coco, le comptoir de friandises, réglisses rouges et noires, gomme balloune, tire-éponge, l'étagère de journaux pornos et à ragots, les livres de recettes, les romans d'amour, les bandes illustrées, la kyrielle de conserves, biscuits, bidules, eaux gazeuses, pop-corn, tabac, moutarde... tout ça lui monterait au nez ; rien ne lui échappe et c'est assez pour avoir une indigestion !

DÉPANNEUR CHOQUETTE, coin Dulude et Noiseux, carrefour des galopins du quartier qui, l'été durant, viennent téter de la liqueur et émietter des croustilles sur le perron. C'est une petite épicerie ouverte sept jours par semaine, de huit heures à onze heures sans exception. Qu'on ait besoin de quoi que ce soit à la dernière minute, CHOQUETTE peut toujours nous ravitailler. Le nom de magasin général lui siérait comme un gant, mais pour Lucille, l'appellation la plus juste est celle de trou à rat.

Ça fait des années qu'elle est vissée derrière la caisse dans ce local de vingt pieds par vingt, aux tablettes combles de provisions restreignant l'espace. Elle a parfois la sensation d'être littéralement enfouie dans un sac d'épicerie. Surtout les journées achalandées quand elle bute sans cesse contre le support à pain, celui des revues, le congélateur et les innombrables bouteilles vides sur le plancher gris et gondolé.

Son royaume, c'est ça ! Impossible d'en sortir et pour cause : il fait partie intégrante de la maison. Il est même attenant à la cuisine. « N'est-ce pas commode ? » avait souligné son mari lorsqu'ils avaient fait l'acquisition de ce commerce domiciliaire. « Si tu as besoin de quelque chose pendant le repas, tu n'as qu'à tendre le bras ! » C'était son point de vue. Celui de Lucille s'était fondé autrement au fil des semaines : pas moyen de manger en paix, de vaquer à ses occupations personnelles ou d'aller aux toilettes sans être dérangée. Du reste, une clochette savamment fixée à la porte battante signale l'arrivée d'un client où qu'on soit dans le logis.

Ça n'avait pas pris goût de tinette avant qu'elle comprenne dans quel guêpier elle s'était fait enfirouaper. Connaissant le caractère rétif de son mari, éperonné de deux défauts formant rarement tandem, l'avarice et la paresse, elle savait qu'il serait difficile de le faire renoncer à cette petite mine d'or. Pour lui qui rognait sur les achats élémentaires et qui paradoxalement ne travaillait pas la majeure partie du temps, se plaignant de tous les maux mais refusant obstinément quelque soin, cela constituait une garantie propice d'aisance matérielle. Jusque-là, il s'était contenté de radoubs payés sous la table. Ainsi il était le patron sans avoir à respecter l'horaire, il pouvait créer son prix et bricoler à son rythme. Grosso modo, ça rencontrait ses exigences. Avec cet établissement survenait la manne, l'opportunité inespérée de se faire entretenir tout en contrôlant les revenus à sa guise. C'était facile et normal, puisque sa femme tenait boutique. Et puis, se persuadait-il, c'est un désennui pour elle. Il croyait lui avoir fait une faveur en la parachutant dans ce bazar. Lui, avec ses vertiges, il restait dans sa Tour d'ivoire.

Lucille a accepté cette situation arbitraire. Elle est probablement la femme d'un seul homme comme le chien d'un seul maître. Elle a pitié de Raoul car il est réellement malade. Sans appui, cet homme miné ne ferait pas long feu. Ne serait-ce de son tempérament mesquin, geignard et despotique, il serait vraiment un pauvre hère. De toute façon, il est un boulet qu'elle est habituée à traîner, qui fait pendant à sa vie et auquel elle s'est attachée dans toute l'acceptation du mot. Sans lui, elle perdrait l'équilibre, son existence n'aurait plus le même poids, la même stabilité.

C'est sans doute une forme d'amour, se dit-elle en se dorant la pilule. Ce ne sont pas les occasions qui lui ont manqué pour le rouler, son boulet. Surtout dans le sous-sol, lorsqu'elle rangeait les marchandises à l'aide des commis voyageurs aux mains voyageuses. Elle leur avait décrété les limites de leur territoire en les rembarrant vertement. Depuis ils savaient à quoi s'en tenir, se bornant à la politesse et se transmettant solidairement l'avis d'un fournisseur à l'autre.

Tout était rentré dans l'ordre de cette routine momifiante, aliénant Lucille du matin au soir derrière un étalage de bonbons multicolores. Jusqu'ici elle a probablement vu plus de dents cariées qu'un dentiste. C'est sa revanche sur ces enfants de nanan, effrontés et chapardeurs, qui avec deux sous en poche s'éternisent avant de choisir une minuscule confiserie ou qui vous chipent n'importe quoi dès que vous avez le dos tourné. Souvent ils se présentent sans argent, apportant des bouteilles comme troc. S'il ne s'agissait que de ces petits monstres... mais il faut également surveiller les adultes ! Ainsi parce qu'elles prennent le large, Lucille a dû retirer des tablettes les boîtes de homard, denrée dispendieuse. De même doit-elle tenir les cigarettes hors de portée pour ne pas qu'elles s'évaporent en fumée ! Hélas, les aléas d'un dépanneur ne se résument pas à cela. Elle pourrait écrire une thèse tant elle est versée sur le sujet, tant la variété de désagréments est grande, pittoresque, l'horripilant au point qu'elle se réveille la nuit avec des appétences de pyromane.

Tout lui pèse. Les lambins qui se paient un Coke et le siphonnent en feuilletant des périodiques qu'ils n'achètent pas. Certains meublent même les moments creux de l'après-midi en racontant leur vie. Bien sûr, Raoul encourage ces teignes. Les clients, c'est sacré ! On voit que ce n'est pas lui qui leur tient compagnie, en pianotant sur le bord de son banc et en poussant des soupirs inutiles : ou ils sont bouchés ou ils le font exprès, croyant disposer d'un visa.

L'entretien de ce souk est un autre aria. Le plancher torché se voit aussitôt maculé. S'il pleut, l'enduit est de boue ; les journées chaudes, de gravier ; et l'hiver, de gadoue. Lucille n'a qu'à zieuter la couleur du linoléum pour connaître celle du temps, à moins qu'il ne soit jonché de bouteilles. Il faut alors faire la navette afin de les descendre dans la cave. C'est tout à fait éreintant, comme d'entrer les boîtes, les vider et les empiler chaque semaine lors du réapprovisionnement.

Quelle charmante besogne pour elle toute seule ! Dire que par-dessus le marché, il y a des consommateurs qui gueulent parce que c'est plus cher qu'à la coop. Qu'ils y aillent ! Ils ne considèrent pas les heures supplémentaires qu'elle fait tous les jours que le bon Dieu amène et cette disponibilité quasi constante dont ils abusent sans vergogne. « Auriez-vous quatre trente sous pour une piastre ? » pendant le meilleur épisode d'une série ! « Est-il possible de téléphoner, d'aller au p'tit coin ? » « La rue Champoux, c'est où ? » « Quelle heure est-il ? » « Vous servez de la soupe, ici ? » Ce magasin miniature sert à toutes les sauces ! On le prend tantôt pour un bureau de change, une cabine téléphonique ou une toilette communautaire, tantôt pour un kiosque d'information ou une cantine. Lucille a même dû garder des clients à coucher un soir de tempête. Eh oui, son échoppe résidentielle s'est transformée en motel. Pendant que çà et là, elle improvisait des lits, Raoul évaluait en toute sérénité ce que cette hospitalité allait rapporter. Son esprit mercantile ne le lâche pas. Il sait tirer le maximum, en coupons du dominion, des situations inusitées, cependant que l'exaspération de sa femme grimpe plus vite que le dollar à la bourse !

Elle en étriperait parfois. Les parents imbéciles qui délèguent leur mioche pour chercher une cruche de jus trop grosse et qu'il échappe évidemment en sortant. On les envoie la plupart du temps avec le compte juste, de sorte que s'il y a eu la moindre fluctuation sur les aliments, ils sont de court, promettant toujours de revenir payer le supplément. On s'en débarrasse aussi hypocritement avec un peu de monnaie. Ils rappliquent infailliblement chez CHOQUETTE et s'imaginent repartir avec la bonbonnière pour une poignée de cents noires. N'oublions pas les petits vieux qui ne prisent guère l'inflation sur leurs sac de pastilles à la menthe et argumentent contre une hausse de trois cents pendant trois quarts d'heure ; ni le type qui s'obstine à mort, convaincu de t'avoir remis un billet de vingt dollars alors que c'était un dix, et qui reste cloué là, des poignards dans les yeux, en vociférant pour que tout le monde sache de quelle imposture il est victime.

Les fauchés ont également leur couplet. Violon en main, ils viennent présenter leurs doléances. Les thèmes élaborés sont sempiternels : chômage, grève, maladie, famille nombreuse, gros chèque à venir, retard dans la pension, etc. Lucille se laisserait volontiers attendrir, mais pour cette catégorie, les instructions de Raoul sont formelles : l'inflexibilité est de mise. Cela n'empêche pas chacun d'y aller avec sa tirade !

Il y a la ruée dominicale pour les journaux que le livreur ne manque généralement pas de catapulter dans la première flaque. Le vendeur de brosses dont il faut passer les factures au peigne fin ; le demeuré qui bave au milieu de la place ; la souillon, odorante à souhait, mais d'une fragrance spéciale, véritable traitement pour la congestion des sinus. Lucille a toujours envie de lui refiler une barre de savon dans sa commande, ce serait plus avantageux que de vaporiser quantité de désodorisant suite à son passage.

On a raison de dire que ça prend de tout pour faire un monde. Lucille en sait quelque chose ! Son dépanneur est un centre d'échantillons comme pas un. Mais sa saison ardue, celle qui constitue le couronnement de ses déboires, c'est l'été. Parce qu'elle supporte mal la chaleur, elle souffre encore moins les clients qui l'accompagnent et l'accentuent. À tout moment, on entre pour se payer des glaces. Elle s'échauffe plus ces journées-là que n'importe quand dans l'année et inversement il s'en dégage une froideur sibérienne.

On dévalise le réfrigérateur de ses liqueurs douces : Lucille ne fournit pas à le remplir. Souvent les canettes sont tièdes à l'arrivée de nouveaux acheteurs, ce qui dépasse leur degré d'entendement et les hérisse. Ils sont moins tâtillons sur les bouteilles piquées à l'entrée en vue d'une réduction.

En période de canicule, rendue au bout de son rouleau et afin de raccourcir ces journées estivales déjà longues, Lucille tente à l'occasion de fermer les portes de son four plus tôt. D'habitude, automatiquement quand elle met le verrou, un escogriffe survient. L'air est alors moins lourd que le regard de plomb de la tenancière, surtout lorsque le raseur ne se rappelle pas exactement ce que sa femme l'envoie quérir...

Ah ! la chaleur torréfiante, l'humidité suffocante qui colle aux pores de la peau dans ce cagibi bondé de nourriture amollie et nauséabonde pour qui la respire à cœur de jour. Profitant du va-et-vient, les mouches se mettent de la partie avec toutes les bestioles que l'été ressuscite, particulièrement où s'entasse de la mangeaille. Lucille doit souvent recourir à des insecticides. Elle aimerait s'équiper d'un climatiseur, mais Raoul ne veut pas en entendre parler pour diverses raisons : dépense inutile, brièveté de l'été, ses rhumatismes persistants et puis le fait que transpirer est excellent pour la santé et la ligne. Il a le dernier mot. Lucille n'a plus depuis longtemps le sourire d'éthique réservé au public. Ce dernier lui reste néanmoins indéfectible, ou peut-être prend-il plaisir à l'enquiquiner, elle en a parfois la conviction.

Et le cirque continue, à chacun son numéro, ponctué par cette maudite clochette qui retentit insolemment quand vous êtes à regarder une émission, à laver vos cheveux, à faire vos besoins, à tailler vos ongles, à coudre un bouton, à vous enlever un comédon, à vous moucher, à faire n'importe quoi, n'importe quand ! Cette maudite clochette qui vous drille les oreilles, dans ce maudit dépanneur qui est devenu non pas une deuxième vie, mais toute la vie !

Depuis au-delà d'une décennie, cette corrida bat son plein, comme si Lucille s'était engagée à perpète aux travaux forcés. Elle s'est bien assurée de l'aide intermittente d'adolescents en quête d'argent de poche, mais Raoul n'est pas entiché de ces remplaçants au pied levé : il digère mal qu'ils aient accès à la caisse. Après quelques jours aux aguets, il finit par leur dépister de nombreuses tares et des pattes trop lestes. Lucille a donc eu plusieurs stagiaires. Pourtant, le mois dernier, il semble qu'elle ait mis le grappin sur la perle rare. Fabienne, une fille forte, vaillante, vive, dégourdie, douée dans les chiffres, méthodique et fiable... enfin selon le panégyrique de Raoul. Quoi qu'il en soit, elle est contente d'avoir repéré celle qui convient. L'essentiel est de pouvoir se délester d'une partie de l'ouvrage sans s'exposer à l'humeur revêche du dictateur.

D'ailleurs il est vrai que Fabienne fait preuve d'entregent, d'initiative. Elle prend à cœur les intérêts du magasin, s'impose et s'implique comme si elle détenait une part. Bravo ! Ainsi Raoul l'estime davantage et favorise sa présence, ce qui alloue à Lucille du répit après des années à bride abattue.

Oui, Fabienne est vraiment providentielle, mais elle ne la parerait pas d'une auréole. Elle a pu détecter, à travers ses qualités de dirigeante, des prédominances de caractère moins louables. Ainsi sa compétence n'égale pas son intransigeance, son ambition, son avidité et sa débrouillardise, sa roublardise. Un instinct d'arriviste l'anime, Lucille en est persuadée ; et même si son comportement se veut affable, sans trace de jugement, elle sent que Fabienne le perçoit. Celle-ci lui cause du bout des lèvres et porte manifestement plus de déférence aux recommandations de Raoul. Son jeu est d'inférioriser la bourgeoise. Lucille ne prend pas la chose au sérieux. Si cette petite veut se faire les dents, elle peut bien lui laisser son os. Elle arrêtera assez tôt de le gruger.

Les semaines s'écoulent donc en trio, ce qui ne brise guère la monotonie et apporte peu de consolation à Lucille dans sa vie de légume coincé dans une boîte à lunch. Elle en vient parfois à une telle saturation que son système digestif en subit des contrecoups se traduisant d'ordinaire par une crise de foie. C'est l'occurrence le lendemain d'une Halloween particulièrement monstrueuse. Des crampes la transpercent, puis son estomac connaît les remous d'une lessiveuse. Étourdie, étuvée par les courants de bile qui macèrent dans son organisme, elle se voit confinée au lit et à la bassine.

Vers la fin de cet après-midi-là, après des heures de tumulte intestinal comprimant, elle profite d'une accalmie. Son ventre pétri s'engourdit. Seules ses côtes sont endolories en raison des efforts de son abdomen distendu par l'afflux de ce liquide sirupeux qui a jailli, par saccades, de son corps. Elle se sent faible, mais rassérénée. Le sommeil est enfin prêt à l'accueillir. Toutefois, l'âcreté de sa gorge la pousse à se lever pour se rincer la bouche. Flageolante, elle sort de sa chambre. Dans le corridor, ses pieds moites glissent sur le treillis d'aération au-dessus de la cuisine. La tête baissée, à travers l'étroit carrelage, comme lors d'une vision fugitive, elle aperçoit Fabienne dans les bras de Raoul. Dans leur brouillard, ses yeux scrutent. Lentement, elle s'accroupit et approche son visage blafard de l'écran métallique. Telle une haleine fétide, un susurrement s'exhale :

— T'en fais pas, elle est couchée, je te dis ! Quand elle écope d'une purge, ça lui prend deux jours pour se raplomber.

Raoul a une main engagée dans le chandail échancré de Fabienne qui minaude.

Lucille entre dans la salle de bain. Elle y boit de l'eau qu'elle promène longuement dans sa bouche avant de cracher. C'est en vain, le goût aigre persiste. À pas chétifs, sans que la grille ajourée les retienne, elle regagne sa couche, s'y étend et s'endort, accablée.

———————

Au matin, plus de fiel, plus de malaise incohérent, plus de harassement ininterrompu. Une légère mollesse, rien d'autre. Un déjeuner frugal de convalescente et la machine fonctionnera comme une neuve, sans secousse intempestive.

Lucille s'habille et descend à la cuisine. Raoul est déjà en train de tremper sa rôtie dans du café.

— Tu es certaine que tu vas bien ? Fabienne peut passer la journée, si tu veux.

Que de mansuétude de la part de quelqu'un qui rechignait immanquablement lorsqu'il devenait utile d'avoir recours à des auxiliaires !

— Elle peut venir quand même. Elle a toujours sa place.

Raoul ne note aucune nuance. Il mâchonne son morceau de croûte.

Lucille est prise d'euphorie. Comme une écolière à la veille des vacances, elle a peine à contenir son effervescence. Oui, Fabienne a bien sa place. La nuit qui porte conseil le lui a assuré. Voilà pourquoi son réveil a été si serein, si prometteur. La nuit a refait ses forces et ses espoirs. Raoul, son geôlier, lui a remis les clés de sa prison. C'est aussi prosaïque que ça ! Fabienne est la relève. Quand elle a surpris leur duplicité, elle a reçu un choc. Heureusement son affaissement l'a amorti. Toute sa vie, elle a trimbalé son boulet en prenant soin de ne pas le heurter et, sans crier gare, il lui broie le pied ! Pour la première fois, elle a senti la meurtrissure à sa cheville enclavée.

À son tour, Morphée l'a renversée, mais pour lui porter secours. Son subconscient a rationalisé la situation avec objectivité et clairvoyance. D'un trait, il lui a fait voir le jeu du destin et elle a compris qu'elle détenait les atouts ! Plus de bluff, plus d'amour, de pitié et de crainte, ces sentiments se sont effacés les uns après les autres comme ils étaient apparus, suscités par un Raoul enjôleur au début du mariage, lamentable à l'éruption de ses maladies et redoutable par un autoritarisme grandissant.

Il a mis fin à son règne, à cette emprise sur Lucille qui confondait ses sentiments, surtout la frayeur qu'elle

85

ne s'était jamais avouée. Il n'a plus barre sur elle. Il a façonné sa propre vulnérabilité. L'amour, de toute évidence, c'est fini depuis belle lurette, l'absence de jalousie a été probante. De la pitié, sa conscience se trouve dégagée puisque Raoul s'est montré assez fort pour la trahir ; et puis elle entend le remettre entre bonnes mains, celles-là mêmes qu'il a choisies, non ? Rien ne la rattache à cet être fastidieux et la chance de le plaquer sans remords ni remontrance perce enfin. La minette de Raoul veut le carré, elle va l'avoir. Lucille se cavale.

Dès l'avant-midi, elle prétexte des courses et se rend à la banque. Ils ont un compte conjoint et il lui est aisé de retirer le montant voulu. Au retour : branle-bas des valises. Elle n'emportera que ses vêtements et ses effets personnels. À cause d'Harpagon, elle a passé son existence dans l'usagé, le retapé. Tout a l'odeur du vieux et de cette médiocrité qu'elle veut juguler. Elle s'éclipsera avec ses nippes et sa juste rétribution après tant de labeur.

Elle le fait comprendre à Raoul dans une lettre succincte et péremptoire. Elle ne s'approprie qu'un pécule dûment gagné et mérité. Qu'il ne s'avise pas de la poursuivre ! Elle y va avec des menaces, lui précisant qu'elle n'est pas dupe de sa scélératesse. C'est à elle de frapper, d'intimider, d'exiger.

Dans la soirée, tout est paré. La clé de la liberté est sur la porte et le tyran n'en a pas la moindre notion. Il est dans la cuisine, observatoire qu'il quitte rarement. Là, il peut veiller au grain en regardant sa télévision portative. Objectant que cela l'esquintait de monter à l'étage, il a même installé un vieux canapé sur lequel il s'avachit pour faire la sieste. C'est son domaine.

Anxieuse, Lucille se met au lit et laisse fermer les deux lascars, sans se soucier de ce qu'ils peuvent fabriquer. Elle ne veut pas refréner son tourbillon d'allégresse. Elle compte filer à l'anglaise quand Raoul sera au creux de son sommeil. Pour l'heure, ses paupières à elle se font trop légères. À quoi bon dormir ? Ses rêves ne pourraient pas être plus merveilleux. Elle a juste le temps de somnoler, un bruit de chute dans l'escalier la fait sursauter. La maison est silencieuse, il doit être minuit. Raoul a dû culbuter. Penchée par-dessus la rampe, la veilleuse de la cuisine le lui fait voir gisant, désarticulé, sur les dernières marches.

— Tu t'es fait mal ? demande-t-elle.

Il ne répond pas. Elle descend et aperçoit un visage traqué. Les yeux sont fixes, la bouche distordue. Elle essaie de l'aider, mais il demeure raide comme un piquet.

Il est paralysé.

———

— Thrombose, déclare le médecin. Je doute qu'il puisse retrouver l'usage de la parole, ni celui de ses jambes. Il peut rester ici, à vous d'en juger, mais ce n'est pas un cas de maison. Surtout avec votre commerce...

Cette dernière phrase atteint subrepticement Lucille.

— Ainsi votre mari n'avait pas de médecin traitant ?

— Non. Malgré son état de santé, il n'a jamais voulu se faire suivre.

— Dommage. Sans doute aurait-il pu prévenir une telle crise. Enfin, on ne soigne pas les gens de force, n'est-ce pas ?

On place Raoul sur une civière. Son regard est égarouillé et suppliant. « Surtout avec votre commerce... » Cette phrase retentit dans la tête de Lucille. « Sois raisonnable, Raoul, elle ne peut pas te garder, le magasin est trop important, spécialement avec ton invalidité génératrice de nouveaux frais... »

À la déroute complète qui s'était emparée de Lucille semble vouloir se substituer une nouvelle orientation. Mais elle n'est pas certaine de consentir à s'y lancer. Ses projets s'en trouvent débalancés, ses plans remis en question. Brusquement, son destin ne sait plus sur quel pied danser. Partir, c'était là sa ferme intention. Parbleu, elle le peut encore ! Pourtant une force ineffable la retient comme si les coordonnées pour son évasion étaient subitement modifiées.

L'aube approche. Elle éteint les lumières tragiques de la maison dans l'espoir d'y voir plus clair. La large devanture du dépanneur reçoit les premières lueurs du jour et les achemine timidement dans la cuisine. Presque avec autant de réserve, Lucille s'avance dans le magasin. À un certain endroit, le plancher émet un craquement familier et rassurant. Sur les tablettes, tout est aligné et se tait ostensiblement comme si tout retenait son souffle devinant une imminente délibération. Lucille goûte une complicité extraordinaire, elle se sent épaulée, protégée. C'est un de ces moments magiques et rares où on a l'impression de communiquer avec le phénomène brut de la vie, tel un accord tacite s'établissant entre le corps et la matière.

Derrière le comptoir vitré, Lucille a envie de faire des confidences, de s'épancher. Entre les bonbons clairs, son image lui est rendue, égayée. Une fourgonnette passe en trombe et un paquet de journaux plonge pour la saluer. Il va falloir ouvrir. Quelques habitués vont se poindre, puis des écoliers arrêteront pour une collation. Suivront les livreurs, les passants et sa petite épicerie bourdonnera comme une ruche au printemps, une ruche dont elle est incontestablement la reine ! Oui, son minuscule commerce sera derechef le point de mire du quartier, indispensable à une bonne partie de la population.

Elle monte se vêtir pour ne pas être l'objet d'un retard. Malgré une nuit blanche, elle se sent curieusement détendue. Elle parcourt les journaux pendant que le café se distille et répand son odeur corsée. Elle déjeune copieusement et, à huit heures, elle est — non plus au poste — au rendez-vous ! Le premier tintement de clochette lui arrive, pimpant et rieur. Elle qui servait les clients en hâte, elle se prend à parler à l'un puis à l'autre, instruisant les assidus de la calamité.

Plus tard Fabienne accourt, éberluée, et lui offre de garder pendant qu'elle ira au chevet de son mari. Lucille refuse. Elle ne veut pas que cette dernière altère son intimité avec cet univers qu'elle vient d'apprivoiser, ou qui l'a apprivoisée... ? Qu'importe, cette reviviscente relation cadre tout sous un autre angle, dans un esprit neuf. C'est l'envers de la médaille ! Raoul nuisait à sa perception, falsifiait ses rapports physiques et moraux, aucun échange n'était possible, il filtrait le meilleur. Maintenant elle a accès à toutes les dimensions et réapprend par plaisir un rôle qui lui avait été imposé. Le décor est le même et pourtant il l'inspire, elle le sent vibrer autour d'elle.

En fin de compte, Fabienne a peut-être servi sa cause en favorisant par trop d'émotions la décrépitude de Raoul. Comment lui en vouloir ? N'est-elle pas à l'origine de sa métamorphose ? Qui lui a permis de mettre de l'ordre dans le chaos de ses sentiments ? Pas de doute, elle a été son catalyseur et si Lucille n'éprouvait guère d'inclination pour une fille de cet acabit, elle doit forcément changer son fusil d'épaule. Ce tournant existentiel est significatif. D'ailleurs une idée lui est venue. Fabienne représente sans contredit une valeur sûre. Pourquoi ne pas l'exploiter, elle aussi ? À chacun son tour, l'assiette au beurre !

Deux semaines plus tard, elle rend visite à Raoul. « Tu comprends, le magasin... ça n'a pas dérougi », lui souligne-t-elle avec une satisfaction à peine voilée. Elle a le bon bout du tisonnier et est ferrée dans la technique de son maniement.

Sous la mine éplorée de l'impotent, ses visites se font graduellement espacées. À chaque fois, elle le quitte prématurément. Assistée de Fabienne, elle procède bientôt à l'ouverture d'un second commerce. C'est l'avenir ! Les gens veulent aller trop vite en affaires, ils oublient quantité de choses. Lucille se doit de compenser par son esprit cartésien. Raoul l'avait compris. Malheureusement pour lui, pressée ou non par le destin, l'heure vient où l'élève surpasse le maître !

90

SIMONE
(ou l'impassible rêve)

Par un matin de ciel bas et frileux, alors que Simone Bellavance se promène sous les arbres dégoulinants du parc, elle prend la décision bien arrêtée de ne pas se faire marcher sur les pieds.

Plus jamais elle ne souffrira quelqu'un qui l'indispose et contrecarre ses vues personnelles. À l'avenir, personne ne la fera pâtir, entretiendra chez elle des doutes cruels, démoralisants. Elle ne supportera contre son gré nulle antipathie naturelle. Quiconque se mettra au travers de sa route, tentant d'y semer des embûches ou de lui faire une entourloupette, subira un sort fatal. Y'en a marre de se laisser brimer, asticoter, d'encaisser sans mot dire, refoulant jusqu'à la constipation ! Il est trop facile d'aplanir son chemin plutôt que de s'en tenir à sautiller pour plaire à Pierre, Jean, Jacques.

La solution, elle la tient dans ses mains : une arme munie d'un silencieux. Elle n'a eu qu'à la ramasser près d'un taillis. Maintenant elle fait corps avec elle. C'est la solution pratique, idéale qu'elle recherchait depuis si longtemps. Elle l'a trouvée pendant qu'elle marchait en avalant sa rancune, ses inquiétudes, les frustrations ha-

91

bituelles de sa vie. Sous la pluie, ça convenait à son état d'âme. Au moins par ce temps elle a la paix, le parc est à son entière disposition sans qu'elle ait à changer de côté, céder le passage, se faire chahuter par des enfants ; enfin, toutes ces contingences désagréables, ces faits agaçants de l'existence que la moitié du genre humain endure dans une tolérance amenuisante jusqu'à la misanthropie, la neurasthénie ou l'hébétude.

Enfin, elle, Simone Bellavance, est capable de se soulager d'une partie de ses problèmes, de libérer ses instincts viscéraux du carcan d'une société déformante. Cette arme rutilante va le lui permettre. Certains s'en servent pour usurper de l'argent ou du pouvoir, Simone le fera pour mieux se sentir dans sa peau, par satisfaction personnelle. Il n'y a pas à revenir là-dessus ! Elle s'empresse de regagner la maison pour établir un ordre de priorité. Cela lui procure une jouissance comme lorsqu'on dresse gloutonnement sa liste d'épicerie.

Attention, il faut y aller avec méthode. Lentement, mais sûrement. Pas question d'éliminer ce beau monde d'un coup. Il faut garder suffisamment de lucidité pour accomplir l'œuvre sobrement. Il ne s'agit pas d'un génocide, seuls quelques individus trinqueront.

Ainsi il y a le gars de la rue Delage qui, à chaque année, sous prétexte qu'il manque de joueurs pour son équippe de balle molle, surgit dans le paysage printanier (qu'il morpionne) et s'empare du mari de Simone pour des tournois. Il y a les pratiques de la semaine et la joute officielle le dimanche. Elle se retrouve souvent esseulée et ce, particulièrement le dimanche, au lit où elle se voit privée d'une autre partie à son sens beaucoup plus enlevante. Ce type, on dirait qu'il devine son irritation. Il affiche un sourire jobard, provocateur. Simone n'est pas grincheuse. Elle passerait pour une marâtre en refusant à son tendre époux un loisir aussi tonifiant. Eh bien, finies la sujétion et l'humiliation de la délaissée ! Elle va rendre la balle à cet entraîneur. Celle-là, il ne la verra pas venir, elle marquera sa dernière saison ! Simone caresse le canon de son revolver. Elle sent une connivence avec ce bout de métal poli. C'est son affranchisseur, son sauf-conduit pour frayer à travers les vicissitudes de l'existence. Avec lui, tout devient possible. Il est discret, rapide et sûr.

Effectivement, il ne présente aucun danger. Une détente et il agira en douce, proprement, sans ameuter. Il suffit de se trouver seule avec l'encaisseur. Puis elle réintègre pénardement ses quartiers, et qui soupçonnera cette brave ménagère d'être une criminelle ? Aucun rapport. Point de motif. Comment imaginer qu'on bousille pour des raisons puériles ? On tue par haine ou par vengeance, mais pas pour des peccadilles car ce serait démentiel. Pourtant Simone n'est pas folle. Elle a simplement décidé de vivre sans contrainte. Ce qui est fou, c'est de s'astreindre à plier et ramper lorsqu'on est fait pour être debout. On tue également pour protéger sa vie, n'est-ce pas ce qu'elle fait ? Elle préserve ses droits, son entité contre toute ingression. À force de récriminer contre les énergumènes, on perd un temps qui ne revient jamais. Elle lutte donc pour sauvegarder le bien le plus précieux : son temps. Il n'y a ensuite qu'à ranger le pistolet jusqu'au prochain allégement.

Quelle chance d'être tombée sur ce flingue, et muni d'un silencieux par surcroît, quel raffinement ! Quelqu'un a dû le perdre ou s'en défaire parce qu'il devenait trop brûlant. Simone se charge de le mettre au frais. Avec elle, ce bijou non réclamé sera en sûreté et bien astiqué.

Mais revenons à la liste d'extermination. Quels sont les autres qui représentent non pas son sel, mais sa saumure ! Ceux qui s'ingénient à lui aiguiser les nerfs, à les tendre pour le plaisir de les voir vibrer et s'effilocher comme des guenilles. Ils ne savent pas à qui ils s'adressent, ces minables, coupables d'attentat à sa vie privée sous des dehors qu'on qualifie trop souvent d'insignifiances, de niaiseries et qui constituent la lie de toute coupe. Ces champions trouble-fête, promoteurs d'ulcères, de calvities ! Pas de pitié pour les emmerdeurs professionnels, l'opération balayage est en cours, elle sera radicale et pulvérisante !

Il y a le pédéraste du deuxième qui secoue insolemment sa nappe et son plumeau au-dessus des jardinières de Simone. Et ces solos de serin qui s'égosille à des heures malséantes ! Sans parler des cubes de glace qu'il vient quémander, tentant de lier une conversation affine. À croire qu'il perd le nord! Mais il perd pas le fil quand il s'agit du téléphone. Combien de fois l'a-t-elle agrafé à écornifler sur la ligne double ? Quelle engeance ! Il vaut la peine d'être décoré... en plein front. Une petite visite surprise et hop! adieu promiscuité culottée Ça mérite bien un spécial à domicile !

Passons au suivant, un veuf du quartier qui promène quotidiennement son chien. Tous les deux ont un point commun : ils sont répugnants. S'ils ne faisaient que détonner dans le décor, ce ne serait pas terrible. Ce qui est embêtant, c'est que précisément dans la rue verdoyante de Simone, ce monsieur détache son cabot, lequel en glapissant va aussitôt pisser sur les arbustes, fourrager dans les plates-bandes, pour finalement crotter sur le gazon. Comme si cette insanité ne suffisait pas, le gros bonhomme tient à en ajouter personnellement.

En rappelant bien gentiment son toutou à l'ordre, il sème de dégoûtants morviats sur le trottoir.

Terminé le gambadage sur sa propriété ! Eux aussi vont prendre le bord et définitivement. Ces ordures vont mordre la poussière, ce sera à leur goût ! Il serait illogique d'épargner le maître puisqu'il rappliquerait avec une autre sale bête. C'est un mordu des chiens. Simone ne peut plus voir sa margoulette sans faire de l'urticaire.

Et pan ! Ne nous arrêtons pas en si bonne compagnie, l'inventaire des dangers publics n'est pas fini ! Droit dans la mire : le professeur de Sophie, cette enfant adorable. Simone n'a qu'une fille et il faut que son instituteur l'ait prise en grippe. À coup sûr, ça lui vaut ses mauvaises notes. Il se plaint constamment de sa conduite — une gamine si docile ! — et déclare ne pas pouvoir supporter cette petite diablesse. Elle va l'en délivrer en l'expédiant au paradis ! Là, au moins, il sera entouré de chérubins.

Ne sous-estimons pas ce lèche-cul à l'usine de son mari ; celui qui le fait suer et nuit à son avancement. Sans lui, Armand serait certainement promu et bénéficierait d'un meilleur salaire. Il reviendrait au logis moins marabout, plus avenant. Ce n'est pas à dédaigner. Une femme doit seconder son mari. Elle fera son devoir... jusqu'au bout.

Vraiment l'atmosphère commence à être respirable. Bientôt elle sera déchargée d'électricité. Son entourage ne comptera que des gens pacifiques et débonnaires. Mais elle doit procéder rapidement, les coincer tous, ces empêcheurs de tourner en rond, tour à tour et seul à seul. Si elle sait naviguer, la police ne sera pas assez finaude pour remonter jusqu'à elle, pour se douter que ce torpillage a été machiné dans le cerveau d'une bonne maîtresse de maison, honnête et sans reproche, s'étant toujours bornée à ses travaux domestiques, toujours abstenue de commentaires, n'élevant jamais la voix, fermant les yeux sur tout, accommodante, effacée, soumise... comme son mari l'a dressée, quoi !

La foudre frappe Simone qui croyait l'air ozoné. Elle reçoit un coup de massue qui a l'effet de la réanimer, de lui écarquiller les yeux. Le principal oppresseur, l'ennemi mortel, comment ne pas l'avoir discerné ? Celui qui l'a harcelée, mortifiée et empêchée de réaliser les projets qu'elle nourrissait : carrière, indépendance, aventure. Celui devant lequel elle a déposé sa vie et qui l'a piétinée. Il a si souvent possédé son corps qu'elle aura sa peau ! À tout seigneur tout honneur ! C'est par lui que commencera le bal, il a droit à la première gigue !

— Simone !

Elle reconnaît là sa manière brusque de l'interpeller.

— Simone !

Elle aperçoit son visage mal rasé en gros plan au-dessus d'elle.

— Ah ! tu daignes ouvrir un œil. Je ne t'ai jamais vue si vertigo. Tu as failli me jeter en bas du lit, et avec le sourire, tiens !

Simone, tout effarée, quitte un autre monde.

— Tu te lèves ? Mon lunch n'est pas encore prêt, je parie. Tu ferais mieux de te dépêcher, je vais être en retard.

Elle s'accroche mal à la réalité visqueuse.

— Qu'as-tu fait de ton vieux fusil de chasse ? peut-elle seulement formuler dans la poursuite de sa vision implacable.

— Tu vas enfin te décider à me le dénicher ! Pendant que tu y es, tu pourrais aussi le nettoyer. Peut-être que je pourrais aller à la chasse cette année, depuis le temps...

C'est l'hallali. Simone toise l'homme.

— Tu sais, je crois que tu as raison : la libération de la femme, c'est dangereux.

Surpris, mais flatté par l'entérinement de ce raisonnement incontestable, il s'empresse de flagorner :

— Je ne te le fais pas dire, ma Simone. C'est le cauchemar du siècle ! Heureusement que toi, au moins, tu gardes la tête froide !

JEANNE
(ou leurre de la vérité)

Elle avait démarré, puis roulé quelques kilomètres en direction de la ville quand elle s'était brusquement rappelé avoir oublié sa carte de crédit. Il était préférable qu'elle l'eût en cas d'aubaines ; aussi, elle fit demi-tour.

En entrant, elle se précipita avec désinvolture vers la chambre à coucher. C'est là qu'elle le vit, sous la lumière crue de la salle de bain, son pantalon ouvert et son pénis sorti, gros, impudent, dressé entre ses mains moites, tout comme elle vit son visage à moitié livide et offusqué. Elle regarda ses yeux un instant, abaissa les siens et s'en fut. Cette fraction de seconde et ce regard de reproche inexprimable, d'une intimité foulée et refoulée, ce regard glaçant et brûlant de fin du monde, avaient suffi à soupeser le couple.

Cette image la poursuit. Depuis une heure, elle fonce nulle part. Quelle importance ! Elle fuit, c'est ce qui compte. Au début de l'après-midi, Bernard se plaignait de son lumbago pour se défiler du magasinage. Il regarderait plutôt une émission à la télé. Elle n'avait pas insisté. Cela l'arrangeait, il n'était pas patient pour les courses. Il n'a jamais été patient. Même quand ils font l'amour, il faut que ce soit vite fait. « Du moment que tu jouis, à quoi bon ces simagrées ? » Et si par malheur elle n'y parvient pas, il la laisse en plan, ignorant sa chair en tumescence et prétextant qu'il est crevé. Certes, il met plus d'intérêt et moins de dédain à feuilleter son journal qu'à la toucher.

C'est ainsi qu'il est. Il l'embrasse souvent, même si c'est du bout des lèvres. Il sait se montrer affectueux, juste assez pour maintenir en elle cette croyance chancelante mais présente qu'il l'aime. Cela n'a-t-il pas toujours suffi ? Alors pourquoi l'expertiser à brûle-pourpoint ? Elle n'a jamais été sotte ni aveugle, cependant il y a des sujets que l'on n'ose aborder et encore moins approfondir. On a peur de chercher parce qu'on a peur de trouver des réponses effrayantes, d'être confronté.

La route s'estompe à mesure que le jugement de Jeanne se précise.

Il s'est élevé à la force du poignet. Il l'a épousée parce que c'est normal d'avoir une femme pour voir aux repas, à l'entretien, aux détails anodins d'une maison. Ce statut est également mieux vu pour les promotions, et puis la plupart de ses relations sont des ménages. Par ailleurs, Jeanne n'est pas mal fichue, capable de tenir une conversation. Elle lui pique des petites crises, mais en général lui fiche la paix. Tant qu'il peut mener ses affaires, fumer ses cigares, écouter les actualités et s'adonner au golf, ça va. Il se flatte d'être si peu exigeant. N'est-il pas large d'esprit ? Dommage que ces nobles sentiments soient du je-m'en-foutisme.

Le soir tombe. Jeanne s'arrête et appuie la tête contre le volant. Tout est tranquille. Le soir la lénifie, la rassure. Le jour, parce qu'ils sont à découvert, les gens simulent, s'avantagent ; au crépuscule, ils entrent en eux-mêmes. Les timides deviennent audacieux et les forts, plus tendres. Le soir temporise, rétablit un ordre équitable pour tous. N'est-ce pas dans l'ombre que les cœurs causent et n'est-ce pas que l'on voit beaucoup mieux les yeux quand on voit un peu moins les choses...

Comme elle est différente de Bernard, jamais ça ne lui est apparu si clairement. Elle baisse sa fenêtre. L'air entre avec le chant des grillons. Surprendre son mari à se masturber après une dizaine d'années de mariage. Au matin, il n'avait affiché aucun désir pour elle. D'accord, il n'y a pas de quoi pousser les hauts cris, mais quelle grotesque situation ! À bien y penser, quelle bouffonnerie que leur union ! Pourquoi y avoir adhéré ?

L'homme parfait n'existe pas. Celui-là possédait des qualités. Il fallait se brancher. « Pierre qui roule n'amasse pas mousse », radotait sa mère. En plus d'être un parti, Bernard était cultivé, apportait des violettes, ouvrait les portières. Tous n'ont pas cette prévenance. Il a conservé ces habitudes, mais est-ce de l'attention ou pour étayer son statut d'époux exemplaire ? Il a ainsi l'impression d'avoir accompli son devoir et peut lire placidement son journal sans qu'elle ouvre la bouche. Le biscuit enfourné dans la gueule de sa meilleure amie à deux pattes !

Quel con ! Il s'imagine garantir son amour avec des broutilles, comme il s'estime le conjoint modèle bien qu'il préfère se tripoter plutôt que de s'allonger avec elle ! Ne le sait-elle pas depuis toujours ? Elle a honte de ne pas être une femme, ni lui un homme. Elle ne pourra plus le regarder en face. Si elle le quitte, il faudra l'expliquer aux parents, aux amis. Ne peut-on manquer sa vie en paix ? Faut-il sans cesse se le reprocher, rendre des comptes ? Comme si un laps de temps aussi dérisoire devait être couronné d'un succès sans précédent, répondant néanmoins à des conditions standard.

En automate, Jeanne sort de l'auto et fait quelques pas au bord du chemin. Par endroits, l'herbe poisseuse lui colle aux chevilles. Elle frissonne. Elle est incapable de l'aimer ou de le haïr. Et lui ? Pourquoi s'être appuyés l'un sur l'autre, dos à dos ? Le temps nous fait déjà plier l'échine, il anéantit nos châteaux de sable comme la marée sape le rivage, n'y laissant que le varech. Quelle débandade. Pourtant Jeanne n'a pas manqué le bateau, elle n'a pas pris le bon, simplement. Maintenant elle attend qu'il coule. Elle n'est pas assez hardie pour se mutiner ni se jeter par-dessus bord, alors elle reste arrimée sur le pont. Les réceptions, les mondanités, les qu'en-dira-t-on... une vie cousue de fil blanc. Elle s'y pique comme dans le fameux conte où la belle s'endort, avec la différence qu'elle se trouve éveillée à un passé insipide. Elle y trafiquait bien, elle écoulait correctement ses jours. Mais voilà que s'immiscent des pensées qui en bloquent le débit. Toute tergiversation avec son ego s'avère stérile. L'heure est venue de faire les comptes et son cœur discrédite ses marchandages antérieurs avec la fatalité et la résignation. Un relent d'accusation la rejoint dans ses explications les plus exhaustives. Elle est sur la sellette et ne sait pas comment prouver sa bonne foi.

Qu'est-ce qui les a unis, Bernard et elle ? L'habitude ? N'est-elle pas irrépressible ? Il doit y avoir un modus vivendi. Il est impossible qu'elle ait dépensé ses années capitales, joué sa jeunesse sans envisager un bénéfice. Ce genre de spéculation exclut toute déduction intelligible. Qu'est-ce qui a empêché la débâcle ?

Décidément son procès est sans recours. Un mot vient la sauver en témoin de dernière minute : l'espoir.

Bingo ! c'était un placement à long terme. Elle a fait confiance à Bernard et misé. Il n'y a que l'espoir pour justifier ses compromissions, son avenir tronqué. Jusqu'ici elle s'est fait léser et a eu du toc. « Pauvre Jeanne, se gargarise probablement Bernard, elle n'a pas la bosse des affaires ! » Une bouffée de rage l'incendie. Elle lui rendra la monnaie de sa pièce à ce faux jeton ! L'espoir, le plus trivial, le plus vieil investissement du monde, celui qui rend richissime ou miséreux. Elle n'a pas été originale dans sa stratégie et s'est agrippée à la bouée de sauvetage universelle. Pas surprenant que ça cale !

Bernard... faussaire, escroc. Il l'a déçue sur toute la ligne. Elle s'en indigne aujourd'hui comme devant une révélation, comme lorsqu'à onze ans elle avait découvert des vers se tortillant sous sa roche préférée, celle où elle aimait se faire chauffer au soleil. Elle ignorait qu'un monde d'horreur s'agitait, rampait à quelques centimètres de ses fesses. Elle en avait été terrifiée.

Dans un vrombissement, un camion la cingle en passant au milieu d'une mare. Telle de l'eau giclée sur le métal rougi, ses sens refroidissent, ses idées se cristallisent, sa raison se raffermit. Que faire ? Elle ne va pas arpenter la route ad vitam aeternam. Elle balaye la masse de ses cheveux mouillés en la rejetant sur ses épaules. Cette flambée de reproches arrosée d'un sursaut de flegme lui a fait du bien.

Est-ce la première fois qu'elle procède ainsi à l'autopsie de leur union mort-née ? Non, cette mise à sac n'est pas une nouveauté. À vrai dire, c'est son exutoire par excellence. L'important est de savoir quand s'arrêter dans la poursuite de la bête noire. Si elle veut aller trop loin, il faut se rappeler qu'il y a des limites à respecter dans cette chasse gardée. Il ne faut à aucun prix perdre de vue le chemin dévalé.

———————

La maison est silencieuse, plongée dans le clair-obscur. Jeanne entre à pas de loup. Bernard ne se fait pas attendre et allume. D'ailleurs elle ne l'avait pas entendu ronfler.

— Enfin tu es de retour ! Tu m'as fait peur. Quitter ainsi...

Le contact de ses bras est bon après l'humidité nocturne.

— Tu es partie trop tôt pour les emplettes. Je ne sais pas ce qui m'a pris, j'ai eu envie de faire l'amour et tu n'étais plus là. Ça m'a pris d'un coup... tu comprends.

Il resserre son étreinte. Sans la moindre stupeur, elle songe : « Dis-moi que je t'aime ! » Une fois encore, c'est comme si les rôles se fusionnaient en une sorte d'osmose. Singulièrement, ce double-jeu est leur façon d'être un, indissociables. Contrairement aux apparences, Bernard ne détient pas l'exclusivité de son personnage. À chacun son interprétation : il incarne le sanguin, le manipulateur ; elle, la romantique, l'abusée, et tous deux se sont surpassés dans cette divine comédie. Pour un peu, ils pourraient s'applaudir.

Un souvenir vient se juxtaposer. Toute enfant, Jeanne n'avait-elle pas replacé sa roche de prédilection en l'enfonçant pour tuer ce qu'il y avait en dessous, pour ne plus y penser. Puis elle avait développé un goût morbide, conjugué de peur et de plaisir à chaque fois qu'elle y prenait place, calculant jusqu'où elle pouvait tenir près d'une substance qui révolutionnait son cœur et son corps. Ne retardait-elle pas jusqu'au frisson l'instant de se lever ? Elle avait conscience de contrôler une jouissance indéfinissable. Était-ce convenable ?

Pourquoi cette scène s'amalgame-t-elle à sa relation avec Bernard ? L'amour est un mal qui fait du bien. Est-ce cette peur volupteuse que Jeanne veut contenir, celle d'aimer, de se donner, d'atteindre l'autre ? N'est-ce pas déjà fait ? Les rails d'un chemin de fer vont côte à côte vers le même horizon. Pourquoi se quitter puisqu'ils sont quittes ? Le lien est indicible, mais indissoluble. Lequel doit être comblé, celui avec ou cet autre sans profondeur ?

Trop de questions s'engouffrent dans le labyrinthe du cœur. Qui peut dire où commence et où finit l'illusion ? Toute vérité est courbe, le temps lui-même est un cercle. Jeanne l'a lu. Elle en a conclu que c'était vraisemblable... et pour le moins très convenable.

PAULETTE
(ou panne de cœur)

Quand l'homme a éternué, Paulette a cru à une déflagration. À six heures du matin, dans la pureté de l'aube ! Quel goujat ! Pourquoi est-ce qu'il ne se mouche pas un bon coup à présent, ce serait plus simple que de renâcler ?

Il aime les œufs brouillés, morveux comme lui et sa tasse gommeuse ! Va-t-il déguerpir ? Elle en a assez pour ce matin... pour la journée, oui ! Une journée en noir et blanc comme dans les vieux films, avec une neige idiote qui s'étampe sur des plaques de grêlons sales. Fichu temps, fichue vie ! Voilà encore une douzaine d'heures à robotiser. Évidemment, il y a plein de choses qu'on peut faire entre le moment où on gratte le jaune d'œuf et celui où on décrotte les oreilles du petit dernier. Il y a place pour toute la fantaisie du monde ! Alors ? Alors rien ! Du remplissage. Qu'on trime ou qu'on finasse, du vidangeur à l'ambassadeur, c'est du pareil au même.

Elle range la margarine et les cretons. L'étiquette du supermarché est sur les contenants. Tout a un prix. Paulette n'aime pas se le faire mettre sur le nez par des détails. Négativisme ? Non, « anti-chimérisme » ! Les mioches expédiés, elle détache son tablier. Mieux vaut sortir ! Si elle explose, ça fera moins de dégâts et puis, ça donnera de la couleur à ce printemps maladif, incapable de décrasser l'hiver. Elle prend la direction du cimetière, l'endroit le plus avenant. C'est mieux que les rues farcies de badauds et de motards, frangées d'usines et de tavernes. Là, tout est propre et ordonné. Ce serait parfait, si ce n'était des corneilles qui craillent sur les monuments comme des vautours attendant la résurrection des morts.

Tout est laid. De l'autre côté du viaduc, c'est l'autoroute. La semaine passée, il y a eu un accident. La chaussée est large, avec un feu de signalisation, mais c'est arrivé. Un camion a sectionné une voiture et son occupant. On a eu du mal à ramasser les morceaux. Ne restent que deux rainures sur l'accotement, deux crevasses garnies de gobelets de carton, de canettes de bière et de papiers mouchoirs, comme au lendemain d'une foire. Ce sont les débris d'une vie, les dernières traces. De la terre remuée et, dans la cour d'un garage, un tas de ferraille. Terminus ou bye, bye atomes, reconstituez-vous autrement ! Le voyage de ti-Jos est terminé. À chaque mort, une naissance. C'est pas malin. Un jour, ce sera ton tour.

Le vent retrousse un pan de son manteau. Paulette le rabat d'une claque. Elle n'a pas le goût de folichonner et ce n'est pas l'environnement qui va le lui donner : une rangée de peupliers dont le faîte a été amputé. Leurs branches mutilées exhibent des bourgeons sanguinolents au bout de leurs moignons. Vivement l'été pour enfouir ce massacre ! Plus loin, l'autobus gobe sa cargaison humaine. Les gens s'empilent comme des bestiaux. Gavé, le mastodonte referme ses mâchoires caoutchoutées, s'ébranle, rote et laisse échapper un gaz asphyxiant en repartant cahin-caha. L'abri est vide, parsemé de mégots.

Paulette se débat dans une nuée carbonique. La tête lui tourne. Elle aurait dû rester au cimetière, c'était plus sain. Décidément, il n'est pas facile d'errer le matin. Elle fait volte-face et traverse une rue défoncée par le calcium. On dirait une vision lunaire : le sol excavé de cratères, la végétation désolée, l'atmosphère délétère et incolore. Ça lui rappelle un film de science-fiction. Après son exposition à un rayon gamma, un homme avait développé une faculté visuelle phénoménale, devenant un voyeur en puissance. Au début, les effets l'amusaient. Il voyait à travers les portes et les vêtements. Il se rinçait l'œil, inspectait les femmes. Puis sa vue s'était faite de plus en plus perçante et de moins en moins divertissante. En effet, il voyait non seulement à travers le tissu, mais à travers la peau. Les gens qui l'entouraient n'étaient qu'assemblage de muscles et de nervures. Bientôt ils ne furent que des squelettes. De même les maisons, les édifices, les ponts, le monde entier se transforma en vaste chantier, trapèze de tiges et de poutres dans le béton. Tout avait une dimension apocalyptique.

Aujourd'hui, Paulette ressemble à ce type. Elle ne voit pas à travers les choses, mais n'en décèle que la détresse. La foreuse d'hommes en train de réparer les égouts la tire se son spleen. C'est assourdissant. Elle traverse un parterre pour échapper au vacarme. Ses pieds s'embourbent dans une purée de feuilles mortes. En tournant le coin, elle tombe sur des rats en train d'éventrer un sac de déchets.

Ça continue, elle a le don d'assister aux spectacles les plus déprimants. Il ne lui reste qu'à fermer les yeux, comme ce malheureux qui se les avait crevés pour continuer de vivre. La tête basse, telle une bête qui regagne sa stalle, elle prend la direction de la maison.

Une camionnette s'arrête sur le bord du trottoir. Un homme en salopette, les cheveux en bataille et le sourire canaille, se penche et lance :

— Pardon madame, vous pourriez m'indiquer le chemin de votre cœur ?

Derrière lui, deux frimousses espiègles, constellées de taches de son. Sur la banquette, à côté d'un coffre d'outils, des mets chinois. À cause d'une panne d'électricité, Marc a pensé ramener les enfants et lui faire une surprise pour le dîner.

Paulette sent une chaude décharge, comme un branchement à la vie. Au firmament, elle aperçoit une éclaircie. Pas étonnant qu'elle ait broyé du noir tout l'avant-midi, elle était « cœur-circuitée » !

LOUISE
(ou la femme forte d'Yvan et Gilles)

Louise adore son mari. Selon elle, il possède toutes les qualités. C'est un homme charmant, empressé, tendre et amoureux, rempli d'un humour délicat, la fleur à la main et le compliment à la bouche. En cinq ans de mariage, sa conduite a été impeccable.

Physiquement il est peut-être grassouillet, mais il fait honneur à sa cuisine ; elle ne peut donc pas lui reprocher ses quelques livres supplémentaires. Et puis cela lui donne un air cossu qui la fait sourire. Il est vraiment irrésistible ! Les heures auprès de lui sont courtes. Une seule ombre au tableau : la familiarité et les visites assidues d'un ami accapareur, Gilles Aubry. Il lui vole de ce temps précieux passé en compagnie de son inestimable époux. Mais ce n'est là qu'un petit nuage à leur bonheur, pas vrai ? La vie auprès d'Yvan reste une valse gracieuse, tantôt mesurée, tantôt étourdissante. C'est l'idéal.

Un soir qu'elle a préparé son plat favori, il tarde, lui si ponctuel dans son baiser d'arrivée et son radieux « bonsoir chérie ». On sonne. Un inconnu visiblement embarrassé, les yeux fuyants et la parole confuse, lui annonce que son mari vient d'avoir un accident. On a dû le transporter d'urgence à l'hôpital, mais hélas trop tard... il était déjà mort. Conscient de sa maladresse dans cette déclaration précipitée, il ajoute piteusement :

— Je regrette, madame. Si je peux faire quoi que ce soit...

Après un moment, elle reprend, pondérée, pour le rassurer :

— Non, ça ira. Je vous remercie d'être venu me prévenir.

Elle referme, prenant soin de bien pousser le paillasson. Puis elle se dirige vers la table et enlève un couvert. Son rythme est paisible. Brusquement, elle s'arrête et s'assoit. Que s'est-il passé ? Elle attendait son mari pendant que le souper fumait dans les casseroles. Un individu alarmé s'est présenté et lui a crûment appris qu'Yvan venait de se faire tuer dans un accident d'automobile. Elle l'a poliment remercié et congédié. Dans la cuisine, elle a ensuite commencé à desservir.

Il le fallait.

Quelque chose dans son attitude lui donne le trac, comme si le silence l'intimidait. Pourtant l'eau siffle dans la bouilloire, le robinet coule un peu, le ragoût mijote doucement et l'horloge sonne sept heures. Mais dans les circonstances, quelque chose manque à ces sons familiers, d'autres bruits pertinents font défaut : ceux de ses pleurs, de ses gémissements. Comme s'ils ne devaient pas émaner de ses tripes, elle guette pour les percevoir. Or, il ne règne qu'une harmonie feutrée. Elle n'a pas réalisé, voilà. La douleur viendra, il suffit d'attendre et elle explosera dans toute sa chair. De pathétiques sanglots vont la secouer. C'est à n'en pas douter.

Pour se conditionner, elle va chercher la photo d'Yvan dans le salon. Sûrement que ça l'aidera à crever cet abcès d'indifférence et sa peine coulera. Elle prend du temps à assimiler, il n'y a rien d'anormal : l'horreur et la stupéfaction peuvent momentanément neutraliser toute réaction, c'est connu.

Elle se concentre sur la photo d'Yvan, un vieux portrait auquel il était particulièrement attaché. Lui et Gilles y apparaissent, visiblement en nage après un match de soccer, leurs bras s'entrecroisant sur les épaules. Au grand dépit de Louise, Yvan prétendait que c'était de loin sa meilleure photo. De son pouce, elle cache la figure goguenarde de Gilles et fixe sa complaisance sur l'autre. Ah ! le visage câlin. Ses cheveux brun clair, fins comme ceux d'un enfant, ses grands yeux calmes, ses joues mafflues qu'elle pinçait, ses lèvres minces sur lesquelles elle posait les siennes beaucoup plus charnues qu'Yvan appelait « ses ventouses ». Elle glisse son doigt, Gilles est toujours là, en vilaine moucheture.

L'examen du portrait ne lui insuffle nulle souffrance, plutôt de l'attendrissement. Aucun déchirement, aucune palpitation. Que faire ? Il faut prévenir la famille. Mais dans cet état ? Peut-être que leur chagrin lui sera communiqué et qu'elle sera délivrée. C'est ça ! Au contact de leur douleur, la sienne éclatera. Pourvu qu'elle ne fasse pas une grosse crise. Elle aimait tellement Yvan. Il est possible que son calme précède un ouragan. Elle perd le bonheur parfait, sans doute voudra-t-elle en mourir.

Elle décroche le combiné, mais c'est sans le moindre tremblement qu'elle compose le numéro de sa belle-mère. Deux sonneries et madame Dupras, une fanatique du téléphone, lui répond.

— Ah ! Louise. Comment allez-vous ? Charles et moi parlions justement de nos deux tourtereaux. Vous nous négligez, ces temps-ci...

Et c'est parti. Madame Dupras a un tempérament expansif, porté sur le monologue. Louise ne parvient jamais qu'à glisser quelques mots. Aujourd'hui elle ne voudrait pas l'interrompre et souhaiterait que son verbiage n'ait de cesse. Il l'endort comme une musique charmeuse. Son oreille est aimantée à l'appareil. Pauvre madame Dupras, si elle savait ! Quelle douce mélodie, quelle berceuse exquise... Elle peut la laisser parler un brin. La symphonie se poursuit, veloutée...

— Louise ! Louise ! Vous m'entendez ?

La tonalité devient cacophonique, les notes, stridentes. Cette femme lui casse les tympans !

— Louise ! Vous êtes là ?

— Je m'excuse, madame Dupras. J'avais la tête ailleurs.

— Enfin, mon enfant, vous devriez vous reposer davantage. Bon, viendrez-vous souper demain soir ?

Ça y est, il faut lâcher le morceau, c'est à son tour de chanter, mais les vocalises restent coincées dans sa gorge. Elle y va mollo.

— Madame Dupras, pourrais-je parler à votre mari un instant ?

— À Henri ? Que voulez-vous lui dire, ma fille ?

Le duo entre dans un crescendo inattendu. Comme dans un mauvais opéra, Louise donne la réplique :

— Yvan est mort. Il a été tué dans une collision voilà environ deux heures.

Silence.

— Vous êtes folle ! Quelle affreuse plaisanterie ! Passez-moi Yvan.

— Je vous l'ai dit, belle-maman. Il n'est plus là.

Comment se fait-il qu'elle ne pige pas ? c'est pourtant clair. Louise a tout de suite compris, elle. Un bruit rauque se fait entendre. L'appareil est tombé par terre ou a heurté quelque chose. Le récepteur n'émet plus qu'un son vide et uniforme. Louise raccroche. Le concert est terminé et il ne l'a pas émue. Ça la chagrine.

———

Heureusement elle a une robe noire pour la traditionnelle veillée mortuaire. Elle ne s'est guère attardée aux détails de l'inhumation. Elle a contacté un entrepreneur de pompes funèbres et a commandé ce qui est dans la moyenne. De même a-t-elle fait pour le presbytère, éliminant cette corvée en un tournemain. Elle a toujours été vite à agir, contrairement à ce malheureux Yvan qui, incertain de nature, s'en remettait souvent à elle. Une fois encore, c'est le cas !

Curieusement, le poids de son absence n'est pas écrasant. Est-ce parce qu'il ne l'a pas quittée, qu'il est là près d'elle ? Elle voudrait en avoir la certitude. Sa propre conduite lui paraît à la fois étrange et naturelle. N'est-ce pas un cauchemar que ce déroulement insolite d'événements ? Elle se le demande en revêtant sa robe de deuil.

Elle arrive tard au salon. Ses beaux-parents sont sur place, l'œil humide et des chevrotements dans la voix. Madame Dupras se rue dans sa direction. Depuis le coup du téléphone, sa belle-mère est acide à son endroit. Nul doute qu'elle la considère comme une sans-cœur.

— Le salon ouvre à cinq heures, vous savez ! Enfin... Yvan est au fond. Il y a déjà foule autour de lui.

Sans se formaliser de ces remarques caustiques, Louise avance de son pas olympien dans le salon bondé. La vue d'Yvan reposant dans son cercueil ne la fige nullement. Elle s'approche avec le sourire de quelqu'un rendant visite à un être cher. Elle est consciente que les gens la reluquent dans l'attente, peut-être même dans l'espoir de la voir flancher, mais c'est au-dessus de ses forces de leur octroyer un tel spectacle. Yvan... Il n'a pas changé. Il est comme tous les matins quand elle l'éveillait pour son déjeuner. L'air bienheureux. Brave Yvan... Elle lui est reconnaissante que ça finisse aussi simplement.

Il faut sans doute continuer de se conformer aux usages. Elle s'excuse presque auprès du défunt ; elle applique un mouchoir sur son nez pour se donner une contenance et parce que l'odeur des fleurs la gêne. Les poignées de main et les sympathies affluent. Elle les agrée en tout bien tout honneur. Peut-être la percevra-t-on comme une femme courageuse plutôt qu'une renégate. Voilà ce qu'elle est : une femme forte ! Il lui semble découvrir là l'explication de son stoïcisme depuis le début du drame. Elle s'en persuade en essayant d'en convaincre les autres, les relayant tour à tour, dans une attitude noble, à ses beaux-parents larmoyants.

La soirée tire bientôt à sa fin. Tout s'est déroulé de façon acceptable. Un détail cependant l'a choquée.

Dans cette mise en scène, un acteur manquait. Un personnage dont le rôle eût été important, voire indispensable à la cohésion de la pièce. Où est donc le beau Gilles, confident de feu son époux ? Il devrait être dans les parages. Pas plus tard que la semaine dernière, il encombrait le salon, se perdant avec Yvan dans des discussions auxquelles elle ne se mêlait guère évitant les prises de bec. Il a sûrement eu écho de la nouvelle. Qu'est-ce que ça signifie ? Il ne vient pas présenter l'ultime hommage à son mémorable compagnon ? C'est inconcevable ! Il assistera probablement aux funérailles. Il ne poussera pas l'infamie jusqu'à s'y abstenir.

———————

Les obsèques sont interminables : la messe, les oraisons, le cortège, la mise en terre, le dernier assaut des condoléances. C'est une pénible suite de ternes situations. Louise n'en voit pas la fin, comme elle n'aperçoit pas Gilles Aubry qu'elle a vainement tenté de repérer à travers cette mascarade grisâtre. Lui si importun, s'agglutinant à son mari comme une sangsue, brille aujourd'hui par son absence. Quelle indécence ! Quel esprit immonde et irrespectueux ! Elle aimerait pouvoir le dire à Yvan, lui qui, lorsqu'elle insinuait des malveillances au sujet de Gilles, en prenait constamment la défense. Elle souhaiterait qu'Yvan voie le comportement de son ami. Cet ami, n'aurait-il pas dû être aux côtés de Louise, la soutenant quand, d'une main solennelle, elle a jeté un œillet blanc dans le trou noir de son lit éternel ? Elle avait raison : ce n'est qu'un petit monsieur. Bafouer ainsi la mémoire de son mari ! Elle ira lui proférer ce qu'elle pense de son outrageante conduite. Elle en oublie la sienne, qui l'avait pourtant si tracassée par son indolence. Mais n'a-t-elle pas déduit qu'elle est une femme forte, capable d'affronter le destin ? C'est la seule explication. Par contre, ce Judas n'en a aucune.

———————

Louise rentre épuisée. Elle est contente de recouvrer le calme de sa demeure, de s'asseoir devant une tasse de thé chaud, noyant le souvenir de cette journée de marbre. Vraiment elle s'adapte vite à son veuvage. Quelques minutes de méditation et toute morosité est dissoute. Seule la pensée de Gilles Aubry, ce sinistre individu, la tarabuste.

Elle va s'étendre dans le boudoir. Ses yeux mi-clos se posent sur ce portrait d'Yvan et Gilles, son faux frère. Elle lui fera payer son inconséquence. Elle ne peut y songer sans s'embraser. Demain, oui dès demain, elle ira lui faire semonce ! Si elle était un homme, elle lui infligerait une correction. Elle découvre que cette envie la tenaille. Cela lui fait éprouver une satisfaction, n'est-ce pas son premier sursaut ?

C'est dans cet esprit qu'elle s'assoupit et que la nuit vient l'envelopper, la photo des inséparables collée à sa poitrine.

———————

Elle s'éveille chiffonnée, la bouche pâteuse et l'œil hagard, mais avec une idée en tête : celle qui l'a assommée la veille et plongée dans des fantasmes insoupçonnés. Elle décide de prendre un bain, manger un peu et flâner en s'habillant pour récupérer et être en pleine possession de ses moyens afin d'accomplir son objectif : sa rencontre avec Gilles Aubry.

Pendant une heure, elle se laisse tremper dans une eau onctueuse. Elle sèche et coiffe soigneusement ses cheveux. Dans la penderie, elle tasse les vêtements d'Yvan qui empiètent sur les siens. Elle revêt une belle robe et, après s'être maquillée, descend grignoter quelque chose. L'avant-midi tire à son apogée. Qu'importe, elle se sent plus d'attaque après cette toilette relaxante.

En passant devant le vestibule, par le carreau, elle aperçoit du courrier dans la boîte aux lettres. Elle prend le temps d'ouvrir et de le prendre. Il y a un prospectus, quelques comptes et un aérogramme adressé à Yvan. L'écriture souple et effilée ne lui est pas inconnue pour l'avoir déjà admirée. Dans un excès de nervosité, elle déchire le cachet et lit :

« Mon cher Yvan,

Eh oui, c'est maintenant fait ! Après toutes ces années, je suis finalement marié. Excuse-moi de ne pas t'avoir invité, mais comme je te l'avais confié, je voulais garder le tout intime et secret. J'aime les doux mystères... Et puis, étant donné la distance, il t'en aurait coûté une fortune pour assister à la cérémonie.

Geneviève est adorable. Peut-être vais-je m'établir ici, ses parents ont une plantation où je pourrais travailler à titre de régisseur. Je t'en donnerai des nouvelles. Pour le moment, tu comprends, je dois me consacrer à ce merveilleux temps des noces !

Du bout du monde, je t'embrasse.

Ton ami,

Gilles Aubry »

Louise écrase la feuille de papier de soie au creux de sa main violacée. Son visage se durcit en un rictus. Sans un pleur, une hésitation ou un frémissement, elle ouvre la porte, d'un pas décidé, franchit le seuil et, dans un élan calculé, se jette sous la première voiture.

C'est vrai, elle est une femme forte.

CATHERINE
(ou la veillée solitaire)

Onze heures. Qu'est-ce qu'il attend pour se coucher ? Il est probablement encore à lire. Ça devient une manie. Il voudrait sans doute que je lui fasse un show, la danse du ventre ou les folies bergères. C'est pas mon genre. Je ne suis pas exhibitionniste. Pourtant j'ai acheté une tenue vaporeuse rouge et noire, les couleurs de la passion, pour lui faire plaisir, parce qu'il est un intellectuel et a besoin d'être émoustillé. Je me disais : un soir je vais le surprendre et lui montrer que je suis capable de me déballer comme une Messaline. C'est moi que j'ai surprise. Quand je me suis aperçue, les épaules tirebouchonnées, les nichons sertis dans une rosette et le nombril voilé à la Salomé, je me serais cachée sous le lit. J'ai rapidement mis ma jaquette de flanellette, d'autant qu'il faisait froid, car nous dormons la fenêtre ouverte.

Non, la mangeuse d'hommes, ce n'est pas mon style. J'ai assez d'assumer ma féminité, du moins ce qu'on a longtemps entendu par là. Dieu merci, les préjugés s'abolissent. Toute petite, je n'aimais pas catiner. Ma marraine ne m'y avait pas incitée. Elle avait eu la brillante idée de fabriquer ma première poupée : une poupée de chiffon verte, mince comme un boyau, me dépassant d'une tête, munie de grandes jambes et de grands bras verts. Elle avait l'air d'une pieuvre, avec au sommet deux yeux glauques sous des cheveux en corde de poche. Elle me figeait quand je ne m'enfargeais pas dans ses membres. Ma marraine tua dans l'œuf mes instincts maternels et leurs dérivés. Je détestai jouer à la madame, j'abhorrai les mignons services de vaisselle incassable, les balais et porte-ordures miniaturisés, les fours et moules à gâteaux pour Lilliputiens, bref tout l'attirail domestique réservé aux fillettes. À quatre ans, mon premier dollar en menotte, je courus au magasin m'acheter un fusil à l'eau. Enfin, j'allais jouer !

D'ailleurs mon arsenal devait se renforcer d'une épée, un arc et des flèches, un canif et une fronde. Ma mère ne savait plus où fourrer son « garçon manqué » devant les visiteurs. Elle craignait que je les empale, les scalpe ou je ne sais trop. Mes tantes me regardaient d'un œil réprobateur, le bec pincé. Je ne m'en souciais guère. Je passais mon temps à jouer aux Indiens, à grimper dans les arbres et sur les toits, à inventer des pièges à mulot, à déterrer des trésors, à faire toutes sortes de choses captivantes. Quand il pleuvait, une de mes activités préférées consistait à observer une colonie de fourmis enfermée à l'intérieur d'un bocal. Dans un bouchon, j'avais mis un peu d'eau et de cassonade. Les fourmis charriaient un grain de sucre sur leur dos en dégringolant d'interminables souterrains. Je m'y perdais avec elles.

Il fallait que l'école vienne tout gâcher. Une institution non mixte pour que j'apprenne mon appartenance. Je me retrouvai avec des mijaurées pomponnées, nattées, bouclées, enrubannées, colifichets aux oreilles et aux poignets, devant lesquelles les mères s'extasiaient, les prenant pour des figurines. Moi, elles me faisaient penser à des cloches avec leurs crinolines. La marelle, la ronde et le cerceau, ça m'ennuyait comme la mort. J'aurais passé les récréations à mon pupitre à lire *Tintin*. Mais on m'en empêchait. On tenait mordicus à ce que je recouvre mon identité. Un vrai lavage de cerveau. J'attendais les vacances comme Robinson le passage d'un nanavire.

À la fin de l'année, pour la remise des prix, ma mère me paya une robe faite sur mesure. Le collet frisotté m'égratignait, la taille ajustée m'étranglait, le taffetas lustré me frigorifiait, mais en y pensant, je sais pourquoi je l'ai surtout haïe : elle était verte.

L'été vint et j'eus un sursis. Je sautai dans mes frusques et gambadai. Il faisait chaud, je fis couper mes cheveux. Durant une partie de bille, un garçon pouffa en me pointant du doigt. « Il a des souliers de fille ! » s'époumona-t-il, comme s'il venait de voir un Martien. Je fus saisie et l'assurai que mon nom était Catherine. Il se bidonna et je lui refilai une baffe qui n'eut pas l'heur de le persuader de mon sexe faible. J'aimais me chamailler, me mesurer, ce qui ne m'empêcha pas d'avoir un copain. Le soir, on s'étendait sur l'herbe non loin d'un lampadaire et on se racontait nos rêves en gossant des branchettes. Lors d'une randonnée à bicyclette, il lança une tablette de chocolat dans mon panier. Je faillis perdre les pédales ! Il s'appelait Michel.

Désormais mes jours étaient comptés, car le processus de scolarisation poursuivait son œuvre assimilatrice. Mes chevauchées d'amazone s'espacèrent, les études prirent le dessus. Je gardai une exécration pour les pimpèches et les sophistiquées. Ces dessous féminins m'échappent encore. Il faut dire qu'à l'époque, le sexisme était à son zénith, peu de variantes étaient offertes aux filles. Les *Bob Morane* étaient plus populaires que les *Sylvie*. Mini-Fée n'avait pas fait son apparition et la femme bionique était une estropiée. Toute action était conjuguée au masculin. Pour les autres, l'impératif : « Sois belle et tais-toi ! »

Ah ! le temps des œillères. On ne ruait même pas dans les brancards. Aujourd'hui les discriminations persistent, mais on sait les reconnaître, les dénoncer. Ce qui n'empêche pas la femme de continuer à se faire exploiter. On y va avec plus de doigté, en usant d'hypnotisme publicitaire pour en faire une esclave de la mode. Le marché des cosmétiques, vêtements, fourrures et bijoux est un pilier de l'économie qui fait vivre quantité de bons hommes. Ces Narcisses qui ont inculqué à leur moitié qu'elle n'est pas potable au naturel. Pour plaire, elle doit ressembler à ces mannequins de Vogue, Chanel et Dior. Ne sont-ils pas des modèles ? Elle doit s'y conformer.

Tout d'abord, condition sine qua non, pierre angulaire de cette tour de Babel : rester jeune. Rien ne doit être négligé, elle doit se grimer, se teindre, se perruquer, se faire épiler, électroliser, se parer comme un sapin de Noël, marcher avec des escabeaux, se faire geler les cuisses en hiver ou les faire calciner en été. Il faut souffrir pour être belle. C'est le premier commandement du renouveau sexuel. Pour ces messieurs, le confort reste la règle d'or du créateur. Ainsi soit-elle ?

Minuit. L'heure du crime. Si je ne me retenais pas, de ça aussi je ferais une vérité. Il a encore le nez dans son bouquin. Que j'aie des envies, ça ne le fait pas bander. Et sans ça, kaput, mission impossible ! Pendant la nuit peut-être, il tâtonnera sous les draps, me titillera un sein et badinera avec ce vieux cliché mâle : « Cherchez la femme... »

Un jour, il va la trouver !

ÉGLANTINE
(ou le cas Lembour)

Quand on me demande de raconter l'affaire la plus difficile de ma carrière, bien que j'en aie vu des corsées, ma première enquête me revient. Elle ne fut pas compliquée, le mystère étant vite élucidé, pourtant elle me hante encore, peut-être parce qu'elle renferme de belles images à jamais ternies.

Je venais d'être nommé inspecteur à Malois. C'était une promotion, et l'opportunité de réintégrer mon patelin après un stage dans la capitale où je m'étais rendu étudier, pour ensuite m'enrôler dans la police. J'en étais, si je puis dire, à mes premières armes, je voulais faire impression et déployais l'astuce d'un Columbo. Or, voilà qu'on me confie le cas Lembour. J'ai cru à une blague, puis je me souvins de ces Bretons établis au pays depuis une vingtaine d'années.

Ils habitaient une villa à l'orée de la ville. Une maison clôturée d'érables touffus et de bosquets de lilas. Il y avait des pivoines au ras du solage et des bégonias suspendus à la galerie. Madame Lembour, Églantine de son prénom, était une gentille dame, menue et frétillante, toujours affairée : broderie, cuisine, jardinage, peinture. Zéphir, son mari, était moins actif. Il s'installait sous la véranda et passait ses après-midi à lire le journal tandis qu'Églantine trottinait comme une souris blanche, fureteuse et alerte, relevant les coussins dans son dos, rallumant sa pipe ou lui servant une limonade. Parfois il faisait mine de cogner un somme ; elle chassait les mouches dans son entourage. Taquin, il se redressait et la saisissait par la taille. Le rire spontané d'Églantine jaillissait telle une source turbulente. Elle lui tirait une oreille et lui, content de sa coquinerie, se rengorgeait dans son fauteuil d'osier.

C'était bon de les voir si près l'un de l'autre. Ils avaient l'air heureux. Vieillir semblait facile. À l'occasion, j'avais la chance de goûter à leur précieuse intimité. Quand je revenais de la pêche, il n'était pas rare que l'arôme alléchant d'une tarte aux pommes ou aux cerises en train de refroidir sur le bord d'une fenêtre ne me ralentisse. Madame Lembour me faisait entrer et m'en offrait une pointe généreuse avec un verre de lait. En échange, je laissais quelques poissons que lorgnait de façon amusante leur chat, Faraud, petit félin à la moustache imposante, aux ronronnements aguichants et à l'altière patte de velours. J'aimais me trouver là et observer madame Lembour, coquette, en robe de mousseline, arrosant ses fougères et bichonnant son tendre mari. Cette harmonie me fascinait. La maison était gaie, pleine de recoins sentant l'épice, l'étoffe ou le terreau, mais exhalant surtout le bonheur.

C'est ce que j'avais connu. Lors de l'investigation, douze ans s'étaient écoulés. Dans mon dossier, les premières lignes indiquaient que Zéphir et son fils, Gérard, étaient disparus. J'ignorais qu'il avait un fils. Je sentais qu'un tas de choses m'échappaient de ce monde paradisiaque qui avait continué de tourner. Je résolus d'interroger le voisinage. J'appris que Zéphir avait un jour accueilli un homme se disant son fils. Transporté, il avait répandu la nouvelle et n'avait plus juré que par lui. On les voyait partout ; puis, de manière impromptue, tous deux s'étaient volatilisés. Certains prétendaient qu'ils avaient largué la vieille pour traverser en Bretagne où la mère du gars vivait. D'autres, suspicieux, racontaient que la légitime n'avait pas dû le permettre, qu'elle leur avait probablement réservé un mauvais sort, d'où la déclaration au commissariat. Pour sa part, Églantine demeurait muette. Depuis des mois, elle n'admettait personne et vivait en ermite farouche avec son chat rabougri.

En quittant le dernier voisin, je m'engageai sur la route menant chez les Lembour. C'étaient la même route de campagne parcourue jadis allégrement en allant à la rivière, le même sentier caillouteux bordé de pâquerettes et d'arbres tournoyant dans le soleil, le même parfum de trèfle. J'étais radieux. Il me prenait des envies de cabrioles comme à quinze ans, mais je me contentai de siffloter jusqu'au domaine. Là, je déchantai. L'herbe était haute et grasse, la chaumière dépeinturée, un volet décroché, sur la galerie, une chaise de rotin était élimée. Tout était morne, délabré. Mon cœur eut froid en se dépouillant d'un rêve. Heureusement, sortant de la corniche, des pigeons, vieux pensionnaires, me réconfortèrent par leur roucoulement.

Avec mélancolie, je montai au porche et frappai. Pas de réponse. Allais-je retrouver la féerie d'antan ? J'ouvris. Hélas, ce n'était plus le sanctuaire de ma jeunesse, c'en était le musée ! Les objets reposaient à leur place, mais sans vie, fossilisés dans la poussière. Les plantes étaient charbonneuses. Un fort remugle planait.

Dans la cuisine, des miettes de pain graveleuses, un bout de fromage racorni et un restant de thé stagnaient. De toute évidence, cette pitance datait de loin. Une pensée lugubre traversa mon esprit et je courus à la chambre, convaincu d'y découvrir madame Lembour, moribonde. Je me butai au coma des choses.

J'allais sortir quand un matou à la fourrure sale et galeuse s'introduisit par la fenêtre. Mollement, il se dirigea vers la litière et s'y lova. Je reconnus Faraud, bien que l'animal n'eût plus rien pour mériter ce titre. Il était caduc et balourd. Ma présence lui tira un miaulement lymphatique. Visiblement, personne ne s'en était occupé depuis un bail. Il semblait revenir d'une vadrouille et s'endormit béatement. Un livre ouvert sur le secrétaire de madame Lembour attira mon attention. Les pages étaient tachées et bombées. Je m'assis et lus.

À travers le journal d'Églantine, les derniers mois de la vie des retraités étaient minutieusement relatés, tantôt à petites lignes tremblotantes, tantôt à grandes hachures, et je reconnus les signes précurseurs d'un drame. Quand je refermai le cahier, mon interprétation des agissements de cette femme était encore floue, mais je sus qu'un coup de théâtre avait inévitablement tranché cette histoire, nulle autre que l'éternel triangle.

J'en étais à supputer les faits lorsque Faraud, étirant ses pattes et renfrognant son cou, sortit de sa torpeur. Dans un bâillement, il évasa les mâchoires. Si seulement il avait pu parler celui-là ; il devait en savoir long, mais c'était un témoin inutile. C'est alors que le gros chat, grimpant sur le radiateur, rebroussa chemin. Témoin inutile ? Peut-être pas. Ces bêtes ont un sixième sens et des réactions étonnantes. Instinctivement, j'enjambai le chambranle et le suivis.

Contournant le mur enguirlandé de vignes et longeant un fossé de quenouilles, il prit la direction du champ où un hangar vétuste s'inclinait. Par bonheur, mon limier n'avait rien du lévrier, bien que ses passages successifs et nonchalants dans l'herbe à puce, les orties et autres ronces me furent pénibles. Le bas de mon pantalon était couvert de chardons quand j'atteignis le bâtiment en bois de grange. Faraud s'infiltra par le socle ébréché ; quant à moi, j'étais à me nettoyer lorsqu'une bourrasque faillit me faucher par les émanations pestilentielles qu'elle charriait. Je reculai, écœuré. Un frisson indescriptible me parcourut car mon imagination aguerrie n'avait plus à conjecturer : il y avait du macchabée là-dessous.

Un coup de pied suffit pour fracasser les pentures déglinguées. Même en me bouchant le nez, l'odeur de putréfaction m'étrangla. Devant moi, sur le sol humide s'étalaient des planches pourries avec au centre une trouée brutale et acérée. N'eût été de la lumière qui fusait par la cloison lézardée, je me serais retrouvé d'emblée au fond de ce puits archaïque. D'ores et déjà, je savais que le clan Lembour y croupissait. Faraud, que j'aurais été tenté d'appeler Penaud dans les circonstances, était assis à distance, le museau bas, et veillait. D'un tel animal, il ne m'avait jamais été donné de voir ça. Aiguillonné, je l'abandonnai à ses devoirs filiaux et regagnai la résidence pour parfaire, le texte à l'appui, la reconstitution ultime de cette trilogie.

Assis dans la balançoire des Lembour, là où je les avais souvent aperçus en fervent tête à tête, je refondis la saga familiale pour l'adapter à la sordide réalité. Trois volets se découpaient : la venue du fils et l'engouement inconditionnel du père pour celui-ci, la frustration intolérable d'Églantine via le déchaînement irraisonné de son hostilité et enfin la mise à exécution de ses desseins meurtriers qui devait prendre une tournure d'hécatombe. Au fil de la lecture du journal, la trame se dénouait, les images se précisaient et finalement, à travers les replis nébuleux de la conscience de ma protagoniste, je vis avec autant d'acuité que si j'avais été présent, les séquences les plus marquantes.

———————

Un soir que le couple joue aux dames à la faveur d'une lampe douce et d'une aromatique tisane, un homme survient. Le chapeau à la main, il se campe devant la moustiquaire.

— Bonsoir. Excusez-moi si je dérange...

— Ce n'est rien, entrez donc, assure monsieur Lembour croyant à un étranger en quête d'informations.

L'inconnu franchit le seuil et s'avance avec un vague sourire.

— Vous êtes tel que je l'imaginais. Je suis content d'être venu.

Il tend la main au vieillard et ajoute :

— Mon nom est Gérard Lembour.

Zéphir regarde furtivement sa femme, craignant de ne pas reconnaître un neveu à la visite inopinée.

— Vous ne me connaissez pas, reprend l'individu. Moi, par contre, je sais tout sur vous.

Il fait une pause et ajoute :

— Je suis votre fils.

Zéphir jette cette fois un œil inquiet à Églantine, se disant qu'ils doivent être en présence d'un hurluberlu.

Devinant ses pensées, l'homme enchaîne :

— Non, je ne suis pas fou. Je m'appelle bien Gérard Lembour et je suis bien votre fils. En voici la preuve.

De la poche de son veston, il sort un paquet de lettres effritées entouré d'un élastique.

— Vous vous rappelez Marguerite Bergeron ?

Les yeux gris aux paupières glabres ont un vif mouvement pareil à ceux d'un écureuil.

— Marguerite... souffle Zéphir comme s'il était transposé sur une autre planète.

— Oui, Marguerite Bergeron. C'est ma mère.

— Incroyable, murmure Zéphir. Tout ce temps...

Sur ses genoux hâves, il tient les missives de Marguerite. En les parcourant, il a su l'histoire. Il a appris qu'il est père depuis vingt ans. Quelle formidable nouvelle !

Marguerite. Il ne l'avait pas oubliée. Leur idylle, que dis-je : leur amour fou ! lui revient. Gérard a apporté un portrait, mais c'est superflu car il s'en souvient pleinement. Chacun de ses traits rejaillit dans sa mémoire, chacun de ses gestes, jusqu'aux ondulations de son corps, elle était si attachante.

C'était une aventure de guerre semblable à celles qu'on voit au cinéma. Marguerite était tombée enceinte de son beau soldat. Il était reparti au front et, comme au cinéma, blessures, déportation, ballottement de l'existence les avaient séparés. Mais un fils était né et elle avait fait en sorte qu'il porte le nom de son héros. Elle avait veillé à ce qu'il ait une bonne éducation et, adulte, il avait eu les moyens de franchir le continent pour retracer l'auteur de ses jours.

Les preuves sont incontestables, les écrits authentiques, les dates concordantes ; même la ressemblance de Gérard apparaît indubitable. Quel feuilleton ! Églantine a tout écouté, tout lu. Elle s'attarde notamment à la photo où Zéphir étreint une jeune femme sculpturale, à la chevelure d'ébène et au charme exotique.

Zéphir ne lui avait pas parlé de cette liaison. Jamais non plus elle ne lui a vu une telle illumination. Elle croyait le connaître après un quart de siècle. Nul doute qu'il a été enflammé, mais le voici irradiant ! Et ce Gérard qui ne tarit pas d'éloges sur sa sacro-sainte mère. Zéphir est pendu à ses lèvres, transfiguré, inaccessible.

Églantine se sent reléguée aux oubliettes. On dirait que c'est elle qui fait partie d'un lointain passé. Il n'y en a que pour le fils déboulé du ciel et pour sa mère bénie entre toutes. Qu'elle, Églantine, se soit livrée corps et âme à son mari, le traitant aux petits oignons et se pliant à ses quatre volontés, ça ne vaut pas un clou ! Elle a été un tas de sable dans lequel il a fait bon planter les orteils, mais non une terre riche à féconder. Bref, elle se croyait la vedette et a été une pâle doublure, version dame de compagnie !

Que d'amertume. Elle a tort de se torturer. Zéphir est en orbite, mais il va atterrir. Elle ne doit pas sombrer dans ce délire paranoïaque. Feignant une migraine, elle va s'étendre pour se soustraire à leurs transports. Bientôt ce sera l'heure de la potion de Zéphir, il sera fier de compter sur sa chère Églantine. Cependant, lorsqu'elle réapparaît avec le médicament, la maison est vide : les deux lurons fêtent leur retrouvailles.

Les semaines qui suivent sont cauchemardesques. Au contact de son alter ego, Zéphir rajeunit, s'épanouit comme un papillon hors de son cocon, tandis qu'Églantine s'atrophie, s'enlise dans sa coquille comme une larve. Elle a bien essayé d'évincer Gérard, mais Zéphir, de manière presque incestueuse, ne contemple que lui. Son espoir réside dans le départ virtuel de l'importun — il ne va pas s'incruster — jusqu'à ce qu'elle surprenne une conversation.

C'est un après-midi où ils la croient occupée à rempoter dans la petite serre aménagée au grenier. Zéphir, philatéliste émérite, vient de recevoir un arrivage pour sa collection. Dans la causeuse, Gérard assiste au collage des timbres, honneur insigne revenant à Églantine. Entre deux vignettes, il lui divulgue tout de go que sa mère vit toujours en Europe et que ce serait fantastique d'aller la rejoindre.

Du bout de ses pincettes, Zéphir en échappe son plus beau spécimen. Une joie incommensurable se peint sur sa figure pendant que celle d'Églantine se rembrunit. Comme s'il était veuf ou célibataire, sans la moindre arrière-pensée, il s'informe déjà des vols en partance. Il est ensorcelé et elle ne sait pas comment l'exorciser. Quoi qu'il en soit, elle ne peut pas permettre que les choses aillent si loin. Il lui reste de bonnes années, elle refuse de les céder. Jusqu'au soir, elle est en transe et sent sourdre ce désespoir qui pousse aux actes draconiens et qui l'inspire bientôt par le truchement d'une pénurie d'eau annoncée la veille. Dès lors, la minuterie de cette machine infernale qu'est la malédiction humaine compte double pour chacun de ces êtres, amorcée par leurs désirs foudroyants.

Tandis que Zéphir est descendu dans le cellier pour y sélectionner un vin de sa confection digne du palais de son auguste descendant, Églantine, connaissant ses habitudes et sachant qu'il prendra le temps de comparer les crus, sollicite le concours de Gérard pour aller quérir de l'eau. Tel père tel fils, ce dernier n'est guère enclin à s'en préoccuper, mais par désœuvrement y consent et, le seau à la main, sort dans la nuit d'encre. Elle court prestement à la chambre de l'intrus, lui refait sa valise et la dissimule sous le lit. Zéphir remonte, brandissant une bouteille poudreuse.

— Tu me diras des nouvelles de ce nectar-là, fiston !

N'obtenant pas d'écho, il se donne la peine de passer du salon à la cuisine et vice versa, avant de demander à sa femme :

— Mais où est donc mon fils ?

— Il est allé dormir, répond-elle complaisamment.

Zéphir est surpris, navré surtout. Enfin, demain ils porteront un toast à leur voyage. Comme si elle n'était qu'une domestique, il en prend négligemment congé.

Derrière la maison, sur la plate-forme servant à étendre le linge, Églantine sort, fanal au poing, et se rend jusqu'à la lisière du champ. Au loin, pas âme qui vive. Elle attend un peu, pactisant avec des lucioles, puis rentre se coucher.

La vie devrait reprendre son cours normal.

À l'aurore, Zéphir la réveille intempestivement pour lui brailler que Gérard a disparu. Il est complètement déboussolé. Églantine le suit jusqu'à la chambre où elle simule quelque curiosité, puis infère, compatissante :

— Ça devait arriver. Ce garçon avait ses obligations. Il aura voulu t'éviter l'adieu.

Elle pateline. Plus tard et si besoin est, elle verra à ravaler la postérité de Zéphir.

— Ne le prends pas mal, il reviendra. Je vais faire ton déjeuner.

Abruti et le regard vitreux : c'est ainsi qu'elle l'abandonne au milieu de la chambre. Il s'en remettra...

La cuisine est inondée de soleil. Églantine ouvre grand le châssis au-dessus de l'évier. Le piaillement des oiseaux s'ébrouant dans la fontaine la fait chantonner. Elle se sent vivre. Comment cette journée ne serait-elle pas une bénédiction ? Faraud se frôle contre ses jambes. Elle l'ébouriffe et lui verse du lait. Que mitonner à Zéphir maintenant ? Quelque chose de spécial comme des crêpes. Sur la nappe quadrillée, elle dépose le sirop, prépare son mélange et sort le poêlon. Le cœur léger, elle s'apprête à allumer le gaz quand Zéphir, endimanché et une mallette à la main, surgit dans l'embrasure.

— Où vas-tu ? s'écrie-t-elle interdite.

— Il faut que je le rattrape...

— Tu es fou ! Tu ne peux pas faire ça !

— Je dois le retrouver, continue de débiter Zéphir.

Saisissant le poêlon, elle lui assène un coup. Il s'effondre. Un filet de sang coule aussitôt jusqu'au col empesé. Églantine a agi impulsivement. À bout de bras, elle tient la poêle de fonte et son sang, à elle, est figé dans ses veines.

Ce qui suit est l'écartèlement d'une pauvre vieille taraudée par les regrets, les tourments et la rancœur, chacun de ces sentiments se reléguant en bourreau infatigable. Remords d'avoir assassiné son mari, peur du néant expiatoire, virulente remontée de haine. Zéphir voulait rejoindre son bâtard, soit ! À la brunante, demi-bête, demi-femme, elle a hissé le corps dans une brouette et l'a conduit au cratère fatidique. Depuis elle vit cloîtrée, emmurée dans sa conscience, jusqu'à ce que la folie, poison lent mais inexorable, la précipite au fond de la tranchée.

Ainsi prend fin cette histoire d'amour qui avait bercé mes années d'innocence et qui, maintenant, les envoyait valser. Mon enquête était terminée. Quittant la balançoire, je ne puis m'empêcher d'embrasser une dernière fois ce tableau rustique, chef-d'œuvre profané, pays fabuleux de mon enfance à jamais englouti comme quelque île mirifique. Au coin de la maison dévastée, contre le tonneau où se déversait la gouttière, je remarquai un églantier bien roide en dépit d'un doux zéphyr. Plus loin, les marguerites dansaient. Si cet homme n'avait pas butiné. Il ignorait sans doute le véritable adage : non seulement le cœur, mais la passion n'a pas d'âge !
